诗经这样读

启　文——主编

中国国际广播出版社

图书在版编目（CIP）数据

诗经这样读 / 启文主编 . -- 北京 : 中国国际广播
出版社 , 2023.6
　ISBN 978-7-5078-5277-6

　Ⅰ . ①诗… 　Ⅱ . ①启… 　Ⅲ . ①《诗经》－诗歌欣赏
Ⅳ . ① I207.222

中国版本图书馆 CIP 数据核字（2022）第 223466 号

诗经这样读

主　　编　启　文
责任编辑　张博文　李　卉
校　　对　张　娜
设　　计　博文斯创

出版发行　中国国际广播出版社有限公司 ［010-89508207（传真）］
社　　址　北京市丰台区榴乡路 88 号石榴中心 2 号楼 1701
　　　　　邮编: 100079
印　　刷　金世嘉元（唐山）印务有限公司

开　　本　720 毫米 × 1020 毫米　1/16
字　　数　230 千字
印　　张　16
版　　次　2023 年 6 月　北京第一版
印　　次　2023 年 6 月　第一次印刷
定　　价　69.80 元

前言

孔子曰："不学诗，无以言。"《诗经》是我国最早的一部诗歌总集，收集了西周初年至春秋中叶（前 11 世纪至前 6 世纪）的诗歌，是我国古代人民智慧和经验的结晶，在文学史和文化史上产生了深远的影响。《诗经》以其丰富的内涵与深刻的思想性为我们描绘了一幅无比生动的社会历史画卷，是中华民族宝贵的精神文化财富，是博大精深的中国传统文化代表，更是世界文学巅峰之上的明珠。

《诗经》按其内容分为"风""雅""颂"三部分，"风"是各地的歌谣，主要反映人民劳动生产、反抗剥削压迫、揭露统治者暴行，也涵盖人们的恋爱、婚姻、家庭生活；"雅"是周人的正声雅乐，主要反映统治阶级贵族阶层的生活；"颂"主要歌颂周朝统治阶层的祭神祭祖。在语言技巧、体裁形式、艺术形象和表现手法上，《诗经》都显示出我国最早的诗歌作品在艺术上的巨大成就，为我国诗歌创作奠定了深厚的文学基础，堪称我国文学宝库中的一朵奇葩，作为体现中华传统文化的代表，值得我国青少年去学习、诵读、领悟。

孔子又曰："诗，可以兴，可以观，可以群，可以怨。迩之事父，远之事君；多识于鸟兽草木之名。"《诗经》不仅讽刺了统治阶级的荒淫腐朽，也描述了人民劳动生活的情景；不仅反映了劳动人民被剥削压迫的悲惨命运和他们的反抗斗争，也反映了沉重的兵役和徭役给劳动人民带来的深重灾难……可以说，它是西周初期到春秋中期大约五百年间社会生活的一面

镜子，是我们了解当时政治、经济、文化、历史和社会的珍贵资料。对于当代青少年来讲，诵读《诗经》不仅可以了解我国古代政治、经济、文化、历史和社会发展，还可以开阔阅读视野，陶冶道德情操，提升人生品位，提高文学修养，从这博大精深的传世经典中，真正汲取到智慧和力量。

《诗经》共有三百零五篇，结合诗歌本身所表达的内容以及广大青少年的理解能力，我们选取了其中的经典篇幅，通过通俗易懂的语言深入浅出地对这些重点篇幅进行了注释、翻译，并生动解析了作品的写作背景、艺术特色、创作技巧等，同时，根据每首作品所描述的场景，所表达的情感，配以数百幅精美图片，与诗文融为一体，做到诗中有画、画中有诗，使读者获得丰富的想象空间和高雅的艺术享受。科学简明的体例、典雅流畅的文字、精美珍贵的图片、注重传统文化与现代审美的设计理念，多种视觉要素有机结合，全面提升本书的欣赏价值和艺术价值，是广大青少年成长道路上不可多得的伙伴。

目录

 风

第二篇 雅

风

　　《风》即《国风》，是由各国采集的民歌，反映了周朝各地的风土人情。《诗经》选录了 15 个诸侯国的诗歌，共 160 篇，本书介绍了其中的 64 篇。《国风》分布的 15 个地区，"周南"是周公所治的南国，"召南"是召公所治的南国，以陕地（今河南三门峡市陕州区）为分界线，其东为"周南"，大体上是从洛阳向南抵湖北北部江汉一带；其西为"召南"，大体上是今陕西南部到湖北西北部地区。其他 13 国，"邶""鄘""卫""王""郑""桧""陈"为今河南北部、西部、中部及东南地区，"秦""豳"为今陕西中部及西北部地区，"齐""曹"为今山东东北部及西部地区，"魏""唐"为今山西南部及中部地区。

诗经这样读

周南

　　《周南》是周公统治下的南方地区的民歌，范围包括洛阳（其北限在黄河）以南，直到江汉地区，具体地方包括今河南西南部及湖北西北部。

关雎

"抑扬顿挫" 读原文

关关雎鸠①，在河之洲②。
窈窕淑女③，君子好逑④。

参差荇菜⑤，左右流之⑥。
窈窕淑女，寤寐求之⑦。

求之不得，寤寐思服⑧。
悠哉悠哉⑨，辗转反侧。

参差荇菜，左右采之。
窈窕淑女，琴瑟友之⑩。

参差荇菜，左右芼^⑪之。
窈窕淑女，钟鼓^⑫乐之。

 "字斟句酌" 查注释

①关关：和鸣声。雎（jū）鸠：鸠类水鸟，其性深于伉俪之情。一说即鱼鹰。

②河：指黄河。

③窈窕（yǎo tiǎo）：文静而美好貌。淑：善，好。

④君子：贵族男子的通称。这里指周王。逑（qiú）：配偶。

⑤参差（cēn cī）：长短不齐。荇（xìng）菜：水生植物，茎细叶圆，可食用。

⑥流：捞取。

⑦寤（wù）：睡醒。寐（mèi）：睡着。

⑧服：思念。

⑨悠：绵长。

⑩友：亲密，亲切。

⑪芼（mào）：择取。

⑫钟鼓：编钟和悬鼓，王公用于祭祀、宴宾等事。

 "古文今解" 看译文

雎鸠情侣咕咕唱，栖息河内岛中央。
秀美纯洁贤淑女，恰与君主配成双。

荇菜长短绿油油，左捞右捞好温柔。
秀美纯洁贤淑女，日思梦想苦寻求。

苦苦寻求得不到，日思梦想好心焦。

情意绵绵长不断，翻来覆去难入眠。

荇菜长短水灵灵，左采右采好轻盈。
秀美纯洁贤淑女，弹琴鼓瑟表亲情。

荇菜长短香飘飘，左摘右摘好苗条。
秀美纯洁贤淑女，击钟鸣鼓乐陶陶。

"知人论世" 聊背景

《周南》《召南》是《国风》中位居前列的部分。周、召是地名。文王建都于丰之后将原来岐山以南的周、召两地分别分封给武王的弟弟姬旦和姬奭，即周公、召公。卜商《诗序》认为，《周南》为王者之风，《召南》为诸侯之风。《关雎》是《诗经》的第一首，历来备受推崇。其内容所写为周王选偶之事。中间一章描写求之不得的状况，最为精彩。

葛覃

"抑扬顿挫" 读原文

葛之覃兮①，施于中谷②，维叶萋萋③。

黄鸟于飞④，集于灌木，其鸣喈喈。

葛之覃兮，施于中谷，维叶莫莫⑤。

是刈是濩⑥，为绤为绤⑦，服之无斁⑧。

言告师氏⑨，言告言归。

薄污我私⑩，薄浣我衣⑪。

害浣害否⑫，归宁父母⑬。

"字斟句酌" 查注释

① 葛：一种蔓生植物，纤维可织布。覃（tán）：藤。一解为长。

② 施（yì）：蔓延。

③ 维：发语词，含"其"意。萋萋：茂盛貌。

④ 黄鸟：黄雀。一说为黄鹂。于：语助词，含"往"意。

⑤ 莫莫：茂密貌。

⑥ 刈（yì）：割。濩（huò）：煮。葛草煮后方可取丝织布。

⑦ 绤（chī）：细葛布。绤（xì）：粗葛布。

⑧ 斁（yì）：厌。

⑨ 言：语气助词。一解作我。师氏：领主家的女管家。

⑩ 薄：语助词，含勉力之意。污：洗。私：内衣。

⑪ 浣：洗。衣：罩衣。

⑫害：音义通"曷（hé）"，即何。

⑬归宁：古时女子回娘家探望父母称归宁。宁，慰问。

"古文今解"看译文

葛草拖长藤，蔓延山谷中，枝叶好葱茏。
黄雀喜飞跃，聚集灌木丛，啾啾相和鸣。

葛草拖长藤，蔓延山谷中，枝叶郁葱葱。
割下煮成丝，粗细布织成，穿破也不扔。

告诉女管事，回家看爹妈。
洗净贴身衫，洗净外裤褂。
有些先不洗，回到父母家。

 **"知人论世"聊背景**

　　《毛诗序》说："葛覃，后妃之本也。后妃在父母家，则志在于女工之事，躬俭节用，服浣濯之衣，尊敬师傅，则可以归安父母，化天下以妇道也。"然而，很难设想一个后妃会去采葛、织布、洗衣，因此笔者认为这种说法牵强。今人多认为本诗是写一个出嫁的女子跟公婆请了假回家探望父母的事。诗中用葛藤蔓延、黄鸟飞跃做烘托，充满了欢乐的气氛。

卷耳

 **"抑扬顿挫"读原文**

采采卷耳①，不盈顷筐②。
嗟我怀人，寘彼周行③。

陟彼崔嵬④，我马虺隤⑤。
我姑酌彼金罍⑥，维以不永怀⑦！

陟彼高冈，我马玄黄⑧。
我姑酌彼兕觥⑨，维以不永伤！

陟彼砠矣⑩，我马瘏矣⑪。
我仆痡矣⑫，云何吁矣⑬！

"字斟句酌" 查注释

① 卷耳：今名苍耳，可入药，嫩苗可食。

② 盈：满。顷筐：浅筐。

③ 寘：通"置"。周行（háng）：大道。

④ 陟（zhì）：登，攀登。崔嵬（wéi）：上面有石头的土山。

⑤ 虺隤（huī tuí）：腿软病。

⑥ 姑：且。金罍（léi）：铜制酒器。

⑦ 维：发语词。以：借此。永：长。

⑧ 玄黄：眼花病。玄，黑。

⑨ 兕觥（sì gōng）：兕角酒器。兕，犀牛。

⑩ 砠（jū）：上面有土的石山。

⑪ 瘏（tú）：病不能进。

⑫ 痡（pū）：过度疲劳。

⑬ 云：语助词。何：多么。吁（xū）：通"忏"，忧。

"古文今解" 看译文

采呀采卷耳，不满一浅筐。
想起我爱妻，筐放大路旁。

驱马上高山，我马腿酸软。
且把酒杯来斟满，莫要如此思恋！

驱马上高冈，我马眼迷茫。
且把酒杯来斟满，莫要如此心伤！

驱马上高山，我马病难行。
仆从疲倦走不动，令人忧思无穷！

"知人论世"聊背景

　　这是一首怀人之作。主人公是一位在外服役的官吏，他带着仆从，策马艰难地行进在崎岖山路上，同时又殷切思念家中的妻子。他感到这种忧思无法排解，便一边频频地喝酒，一边不断地发出深沉的叹息。许多解诗者说此篇是写一位女子对征夫的怀念，如此则首章与后文中的"我"字便要互相抵触，纵勉强解后文为悬想之状。

樛木

"抑扬顿挫"读原文

南有樛木①，葛藟累之②。

乐只君子③，福履绥之④。

南有樛木，葛藟荒之⑤。
乐只君子，福履将之⑥。

南有樛木，葛藟萦之⑦。
乐只君子，福履成之⑧。

 "字斟句酌" 查注释

① 樛（jiū）木：高树。一解"木下曲曰樛"，即树枝向下弯曲的树。

② 葛（gé）藟（lěi）：野葡萄。累：缠绕。

③ 只：语助词。

④ 福履：福禄，幸福。绥（suí）：安抚。

⑤ 荒：覆盖。

⑥ 将：扶助。

⑦ 萦（yíng）：萦绕，旋绕。

⑧ 成：成就。

 "古文今解" 看译文

南山弯弯的树呀，枝头爬满野葡萄。
祝贺先生新婚好，苍天搭起幸福桥。

南山弯弯的树呀，枝头盖满野葡萄。
祝贺先生新婚好，神灵栽下幸福苗。

南山弯弯的树呀，枝头缠满野葡萄。
祝贺先生新婚好，东风吹绽幸福苞。

"知人论世" 聊背景

这是一首祝贺新郎的诗。晋人潘岳《寡妇赋》有云："伊女子之有行兮，爰奉嫔于高族。承庆云之光覆兮，荷君子之惠渥。顾葛藟之蔓延兮，托微茎于樛木。"对本诗寓意是一个很好的比照。诗中以葛藟缘附樛木来象征女子嫁给君子，婉曲生动。至今民歌当中仍有"山中只见藤缠树，世上哪见树缠藤"的唱词，流传颇广。

桃夭

"抑扬顿挫" 读原文

桃之夭夭①，灼灼其华②。
之子于归③，宜其室家④。

桃之夭夭，有蕡其实⑤。

之子于归，宜其家室。

桃之夭夭，其叶蓁蓁⑥。
之子于归，宜其家人。

"字斟句酌" 查注释

① 夭夭：茂盛貌。
② 灼灼：鲜艳貌。华："花"的古字。
③ 之子：这姑娘。于归：出嫁。于，语助词。
④ 宜：适合。一解为善，和顺。家：指大夫封地。
⑤ 有：语助词。蕡（fén）：肥大。
⑥ 蓁蓁（zhēn）：繁茂貌。

"古文今解" 看译文

蓬勃桃树绿葱葱，鲜花茂盛红彤彤。
有位公主要出嫁，与她新郎两钟情。

蓬勃桃树绿油油，果实丰硕挂枝头。
有位公主要出嫁，与她新郎配鸾俦。

蓬勃桃树绿沉沉，浓叶茂美汇成荫。
有位公主要出嫁，与她夫家共欢欣。

"知人论世" 聊背景

周王室的一位公主要下嫁到一个大夫的封地去，诗中对她的下嫁进行了热情的歌咏，祝愿她婚后生活美满，家庭幸福。

芣苢

"抑扬顿挫" 读原文

采采芣苢①，薄言采之②。
采采芣苢，薄言有之③。

采采芣苢，薄言掇之④。
采采芣苢，薄言捋之⑤。

采采芣苢，薄言袺之⑥。
采采芣苢，薄言襭之⑦。

 **"字斟句酌" 查注释**

① 采采：茂盛貌。芣苢（fú yǐ）：车前子，多年生草本植物，可供药用。

② 薄、言：皆为语助词。

③ 有：取得。

④ 掇（duō）：拾取。

⑤ 捋（luō）：从枝茎上抹取。

⑥ 袺（jié）：拉起衣襟兜着。

⑦ 襭（xié）：通"撷"，把衣襟掖在腰带间来盛着。

 "古文今解" 看译文

葱翠车前子，采呀采起来。

葱翠车前子，摘呀摘起来。

葱翠车前子，捡呀捡起来。

葱翠车前子，捋呀捋下来。

葱翠车前子，装呀装起来。
葱翠车前子，兜呀兜回来。

"知人论世" 聊背景

诗中描写的是一群妇女采集车前子的情景。清人方玉润说："读者试平心静气，涵咏此诗，恍听田家妇女，三三五五，于平原绣野、风和日丽中群歌互答；余音袅袅，若远若近，忽断忽续，不知其情之何以移，而神之何以旷。"

汉广

"抑扬顿挫" 读原文

南有乔木①，不可休思②。
汉有游女③，不可求思。
汉之广矣，不可泳思。
江之永矣④，不可方思⑤。

翘翘错薪⑥，言刈其楚⑦。
之子于归，言秣其马⑧。
汉之广矣，不可泳思。
江之永矣，不可方思。

翘翘错薪，言刈其蒌⑨。

之子于归，言秣其驹⑩。

汉之广矣，不可泳思。

江之永矣，不可方思。

"字斟句酌" 查注释

① 乔：高大。

② 思：语气词。下同。

③ 游女：出游之女。朱熹《诗集传》："江汉之俗，其女好游，汉魏以后犹然。如大堤之曲可见也。"

④ 江：长江。永：长。

⑤ 方：通"舫"，用竹、木编成的筏子。这里用作动词。

⑥ 翘（qiáo）翘：本指鸟尾上的长羽，这里意为高出。错薪：杂乱的草木。

⑦ 言：语助词，有关联作用。刈（yì）：割。楚：一种灌木，又名荆。

⑧ 秣（mò）：喂牲口。

⑨ 蒌（lóu）：蒌蒿，生水泽中。

⑩ 驹：少壮的骏马。

"古文今解" 看译文

南方有高树，遥远难乘凉。

汉江有游女，令人思断肠。

汉江宽又广，无法游对岸。

长江长又远，木筏难通航。

燎炬为喜烛，砍柴选荆条。

姑娘若嫁我，喂马迎娇娆。

汉水宽又广，无法游对岸。

长江长又远，木筏难通航。

燎炬为喜烛，砍柴选萋蒿。
姑娘若嫁我，喂足骏马邀。
汉江宽又广，无法游对岸。
长江长又远，木筏难通航。

"知人论世" 聊背景

　　诗为单恋之歌，描写的是一男子追求汉江漫游之女，却最终失望。诗的首章以"南有乔木，不可休思"起兴，随之坦言爱慕汉江游女而不可得，继而多方形容追求之难。"不可"二字八度出现，慨叹幽深。清人方玉润见有"刈楚""刈蒌"字样而猜想诗中男子当是"樵子"，乃出于对兴法的误会。今人高亨曾提出诗中的单恋是农奴或奴隶爱上了庄园主的女儿，让人颇觉新颖；然而也会遇到这样的问题：农奴或奴隶家中能够养得起"马""驹"吗？

召南

《召南》指召公统治的南方地区的诗歌，在风格、内容、情感上贴近《周南》。

鹊巢

"抑扬顿挫" 读原文

维鹊有巢①，维鸠居之②。
之子于归，百两御之③。

维鹊有巢，维鸠方之④。
之子于归，百两将之⑤。

维鹊有巢，维鸠盈之⑥。
之子于归，百两成之⑦。

"字斟句酌" 查注释

① 维：语助词。
② 鸠：八哥。

③两：今作"辆"。御：通"迓（yà）"，迎接。
④方：占有。
⑤将：护卫，护送。
⑥盈：满。此句喻指陪嫁人多。
⑦成：指完成婚礼。

"古文今解"看译文

喜鹊筑巢绿树中，八哥进住细梳翎。
有位姑娘要出嫁，百辆轿车大欢迎。

喜鹊筑巢绿树中，八哥占据自长鸣。
有位姑娘要出嫁，百辆轿车管护行。

喜鹊筑巢绿树中，八哥聚住满腾腾。
有位姑娘要出嫁，百辆轿车助婚成。

 "知人论世" 聊背景

　　本诗以鸠占鹊巢起兴，描写新娘嫁入贵族丈夫之家。每章的后二句皆以形容嫁娶仪仗之堂皇盛大，有庆祝之意。今人解鸠占鹊巢，认为是讽刺国君废了原配夫人，另娶新夫人，似与原意不合。

草虫

 "抑扬顿挫" 读原文

喓喓草虫①，趯趯阜螽②。
未见君子，忧心忡忡③。
亦既见止④，亦既觏止⑤，我心则降⑥。

陟彼南山⑦，言采其蕨⑧。
未见君子，忧心惙惙⑨。
亦既见止，亦既觏止，我心则说⑩。

陟彼南山，言采其薇⑪。
未见君子，我心伤悲。
亦既见止，亦既觏止，我心则夷⑫。

 "字斟句酌" 查注释

①喓（yāo）喓：虫鸣声。草虫：指蝈蝈。
②趯（tì）趯：跳跃貌。阜螽（fù zhōng）：蚱蜢。

③怃（chōng）怃：心神不安貌。

④止：语助词。

⑤觏（gòu）：通"媾"，阴阳和合，男女欢合。

⑥降（xiáng）：放下。

⑦陟（zhì）：登。

⑧蕨（jué）：野菜名。初生似蒜，老有叶，可食。

⑨惙（chuò）惙：心慌气短貌。

⑩说：通"悦"。

⑪薇（wēi）：野菜名。又名野豌豆，可食。

⑫夷：平。此指心安。

"古文今解" 看译文

蝈蝈吱吱叫，蚱蜢蹦蹦跳。

心上人不见，情绪真烦躁。

盼到情人来，欢爱多美妙，心安怨气消。

登上南山坡，一路采嫩蕨。

心上人不见，抑郁忧愁多。

盼得亲人到，欢爱难言说，心中多喜悦。

登上南山岭，采薇一路行。

心上人不见，悲伤又烦恼。

盼到爱人来，共度好光景，心安喜气盈。

"知人论世" 聊背景

　　本诗描写的是一位女子由思念情人到会见情人、转忧为喜的情景。诗中采取对比的手法，重点在于对先前"未见君子"时苦闷状况的多角

021

度的、具体化的描写；而对"亦既见止，亦既觏止"时的情况则采取多轮次的、回还式的表现，给人以深刻的感受。

采蘋

 "抑扬顿挫" 读原文

于以采蘋①？南涧之滨。
于以采藻？于彼行潦②。

于以盛之？维筐及筥③。
于以湘之④？维锜及釜⑤。

于以奠之⑥？宗室牖下⑦。
谁其尸之⑧？有齐季女⑨。

"字斟句酌"查注释

① 于以：于何，在哪里。蘋（pín）：水草名，可食，叶如马蹄。

② 行：借为"洐（xíng）"，沟水。潦（lǎo）：积水。

③ 筐、筥（jǔ）：皆为竹器，筐方筥圆。

④ 湘：烹煮。

⑤ 锜（qí）：有脚锅。釜（fǔ）：无脚锅。

⑥ 奠：放置祭品。

⑦ 牖（yǒu）：窗户。

⑧ 尸：主持祭祀。

⑨ 齐：借为"斋"，祭祀前的斋戒。季女：少女。

"古文今解"看译文

哪里去采蘋菜？南山溪水旁边。

哪里去采水藻？流水积水中间。

蘋菜用啥来盛？方形圆形筐箩。

蘋菜用啥来煮？那锅儿和那釜。

祭品哪里安放？祠堂窗户下方。

祭典由谁主持？清斋待嫁女郎。

"知人论世"聊背景

　　此诗写的是一位周王室的女子为下嫁大夫而进行祭祀训练的情景。据《礼记·昏议》："古者妇人，先嫁三月，祖庙未毁，教于公宫；祖庙既毁，教于宗室。教以妇德、妇言、妇容、妇功。教成嫁之，牲用鱼，笔以菇藻，所以成妇顺也。"本诗反映了这种风俗。诗中行文一问一答，活泼轻快。

殷其雷

 **"抑扬顿挫" 读原文**

殷其雷①，在南山之阳②。
何斯违斯③，莫敢或遑④？
振振君子⑤，归哉归哉！

殷其雷，在南山之侧。
何斯违斯，莫敢遑息？
振振君子，归哉归哉！

殷其雷，在南山之下。

何斯违斯，莫或遑处^⑥？

振振君子，归哉归哉！

"字斟句酌" 查注释

①殷：轰鸣声。

②阳：山的南面。

③斯：此。前一"斯"字意思是"这样"，后一"斯"字意思是"此地"。
违：离开。

④或：有。遑（huáng）：闲暇。

⑤振振：忠厚貌。

⑥处：居。

"古文今解" 看译文

雷声阵阵，正在山南传开。

为何这样便离去，不敢稍在家待？

夫君太忠厚，快归来吧快归来！

雷声阵阵，响在南山旁边。
为何这样便离去，不敢略作迁延？
夫君太忠厚，快回还吧快回还！

雷声阵阵，响在南山下方。
为何这样便离去，不能暂住洞房？
夫君太忠厚，快回乡吧快回乡！

"知人论世"聊背景

妻子思念在外的丈夫，故作此诗。诗以隆隆的雷声起兴，很符合妇人的心理；中间写丈夫行役辛苦，不得休息；末二句盼望丈夫早早归来。全诗境界淳朴，情真意切，韵味悠长。

摽有梅

"抑扬顿挫"读原文

摽有梅①，其实七兮②。
求我庶士③，迨其吉兮④！

摽有梅，其实三兮。
求我庶士，迨其今兮！

摽有梅，顷筐塈之⑤。

求我庶士，迨其谓之⑥！

 **"字斟句酌" 查注释**

①摽（biào）：古"抛"字。有：词头。梅：果名，又叫杨梅，隐含"媒"的意思。

②实：果实，指梅子。

③庶：众。士：指未婚男子。

④迨（dài）：及，趁。吉：吉日。

⑤塈（jì）：取。

⑥谓："会"的借字，这里指男女的自由结合。

"古文今解" 看译文

梅子挨个抛出去，筐中情果十余七。

追求我的小伙子，快择吉日做婚期！

梅子挨个抛得欢，筐中情果十余三。

追求我的小伙子，应在今天把亲完！

梅子挨个抛入迷，筐中情果已无余。

追求我的小伙子，趁早开口早订婚！

"知人论世" 聊背景

这是一首女子的求偶诗。女子求偶，却不直言，而说追求我的小伙子要如何如何，深情而机巧。明人钟惺击节赞叹道："三个'求'字，急忙中甚有分寸。"据《周礼·媒氏》："仲春之月，令会男女。于是时也，

奔者不禁。若无故而不用令者，罚之。司男女之无夫家者而会之。"全诗写得热烈奔放，情深意浓。

小星

"抑扬顿挫"读原文

嘒彼小星①，三五在东。
肃肃宵征②，夙夜在公③。寔命不同④！

嘒彼小星，维参与昴⑤。
肃肃宵征，抱衾与裯⑥。寔命不犹⑦！

"字斟句酌"查注释

①嘒（huì）：光芒微弱的样子。

②肃肃：急忙赶路的样子。宵征：夜行。

③夙：早晨。

④寔（shí）：通"实"。《韩诗》作"实"。

⑤参（shēn）、昴（mǎo）：都是星名。一说古人认为参三星、昴五星（实各七星），上文"三五"即指此。

⑥衾（qīn）：被子。裯（chóu）：被单。

⑦不犹：不同，不如。

"古文今解"看译文

点点星星闪微光，三五点点在东方。

匆匆忙忙赶夜路，朝夕不停为公忙。是我命运太遭殃！

点点星星微光闪，参星昴星挂天边。

匆匆忙忙赶夜路，抱着被子和床褥。是我命运太可怜！

 **"知人论世" 聊背景**

　　这是一个勤苦小吏的叹息。时间正当黑夜，人们都在休息，可是诗中的这位小吏却在匆匆忙忙地为公事赶路。他感到无比疲惫，却又无可奈何，只能哀叹自己的命运不好。诗中将描写、叙事和议论、抒情结合起来，自然朴素而又感人至深。

邶风

《邶风》是邶地的民歌。武王封殷纣王之子武庚于邶，约相当于今河南省淇县以北，汤阴县东南一带。

柏舟

"抑扬顿挫" 读原文

泛彼柏舟①，亦泛其流②。
耿耿不寐③，如有隐忧④。
微我无酒⑤，以敖以游。

我心匪鉴⑥，不可以茹⑦。
亦有兄弟，不可以据⑧。
薄言往愬⑨，逢彼之怒。

我心匪石，不可转也。
我心匪席，不可卷也。
威仪棣棣⑩，不可选也⑪。

忧心悄悄⑫，愠于群小⑬。

觏闵既多⑭，受侮不少。

静言思之，寤辟有摽⑮。

日居月诸⑯，胡迭而微⑰？

心之忧矣，如匪浣衣⑱。

静言思之，不能奋飞！

"字斟句酌" 查注释

① 泛：漂流。

② 亦：语气词。

③ 耿耿：焦虑不安貌。

④ 如：通 "而"。隐忧：深忧。

⑤ 微：非，不是。

⑥ 匪：通 "非"。鉴：镜子。

⑦ 茹：容纳。

⑧ 据：依靠。

⑨ 愬：通 "诉"，诉苦。

⑩ 威仪：威严、礼仪。棣棣：雍容娴雅貌。

⑪ 选：通 "巽（xùn）"，屈挠退让。

⑫ 悄悄：忧愁貌。

⑬ 愠（yùn）：怒。群小，指众妾。

⑭ 觏（gòu）：通 "遘"，遇到。闵（mǐn）：苦痛。

⑮ 寤（wù）：睡醒。辟：抚胸。摽（biào）：捶胸。

⑯ 日、月：喻指丈夫。居、诸：语气词。

⑰ 胡：何，为什么。迭：更迭，轮替。微：昏暗不明。

⑱ 匪浣（huàn）衣：没洗的脏衣服。浣，洗。

"古文今解" 看译文

漂漂荡荡柏木舟，浮在河中顺水流。

032

意乱心烦难入睡，心里积压无限愁。
不是要喝没有酒，却是无处可遨游。

我心不比青铜镜，岂能一切尽收容。
也有同胞亲兄弟，却无一人能倚凭。
本想回家去诉苦，却遇他们怒冲冲。

我心不是石一块，不能随意来转移。
我心不是席一领，不能随意卷和提。
仪态庄严行为正，哪能随便受人欺！

忧思重重如火燎，众妾怨怒胡缠搅。
遭受苦痛难数清，忍受欺侮真不少。
平心静想聚愁云，梦醒捶胸心烦恼。

天上日月本明媚，为何今日减光辉？
心头忧患难清洗，好似脏衣聚一堆。
平心静想实哀叹，不能展翅任我飞！

"知人论世"聊背景

对于本诗，历来有写政治与写家庭两种解说。有人由"亦有兄弟""如匪浣衣"等句分析，认为写家庭的可能性较大，作者为不遇于丈夫、见侮于众妾的女性；有人由"无酒""敖游""威仪""群小"等语揣摩，认为写政治的可能性较大，作者为遭受排挤、忧心国运的贤人。两者都有道理。但似乎也可以做出另一种揣测：借家庭言政治。

绿衣

"抑扬顿挫"读原文

绿兮衣兮，绿衣黄里。
心之忧矣，曷维其已[①]！

绿兮衣兮，绿衣黄裳[②]。
心之忧矣，曷维其亡[③]！

绿兮丝兮，女所治兮[④]。
我思古人[⑤]，俾无訧兮[⑥]。

绨兮绤兮[⑦]，凄其以风。

我思古人，实获我心。

"字斟句酌" 查注释

① 曷（hé）：何。维：助词。已：止。
② 裳：下衣。
③ 亡：同忘，忘记。
④ 女（rǔ）：汝，你。治：织作。
⑤ 古人：故人，指亡妻。
⑥ 俾（bǐ）：使。讹（yóu）：过失。
⑦ 绤（chī）：细葛布。绤（xì）：粗葛布。

"古文今解" 看译文

绿呀绿衣裳，绿面黄夹里。
见此心忧伤，何时是止期！

绿呀绿衣裳，绿衫黄下裙。
见此心忧伤，何时能消泯！

绿呀绿衣裳，是你亲手制。
想我故人好，使我免过失。

粗葛细葛布，凉爽又舒适。
想我故人好，事事称我意。

"知人论世" 聊背景

前人说此诗，多从《毛诗序》和朱熹的说法，认为是卫庄姜自叹失

位的感伤的作品。近人多认为是位男子在怀念过去的妻子，甚至更直截
了当地说是一首悼诗。

燕燕

"抑扬顿挫"读原文

燕燕于飞，差池其羽①。
之子于归②，远送于野。
瞻望弗及，泣涕如雨。

燕燕于飞，颉之颃之③。
之子于归，远于将之④。
瞻望弗及，伫立以泣。

燕燕于飞，下上其音。

之子于归，远送于南。

瞻望弗及，实劳我心。

仲氏任只⑤，其心塞渊⑥。

终温且惠⑦，淑慎其身。

先君之思，以勖寡人⑧。

"字斟句酌"查注释

① 差（cī）池：通"参差"，不齐貌。

② 于归：出嫁。

③ 颉（xié）：上飞。颃（háng）：下飞。

④ 将：送。

⑤ 仲氏：老二，二妹。古人常以伯（或孟）、仲、叔、季为兄弟姐妹排行。
任：信任。只：语气词。

⑥ 塞（sè）：诚实。渊：深。

⑦ 终：既。惠：和顺，温顺。

⑧ 勖（xù）：勉励，鼓励。寡人，君主对自己的谦称。

"古文今解"看译文

燕子在飞翔，羽毛有短长。

妹妹今出嫁，远送到郊野。

背影望不见，泪下如雨凉。

燕子在飞翔，上下屡盘旋。

妹妹今出嫁，远送荒野间。

背影望不见，久立泪涟涟。

燕子在飞翔，鸣声上下扬。
妹妹今出嫁，远送到南疆。
背影望不见，叫人好心伤。

二妹顶可信，虑事诚且深。
温柔又和顺，贤淑且修身。
追忆先君志，劝我莫消沉。

 "知人论世" 聊背景

　　这是我国最早的一首送别诗。本诗形象生动、情态逼真。写的是卫国君主的二妹远嫁异国，卫君相送远郊、悲感伤怀、泣涕如雨的情景。末章又对其妹的品德加以称赞，诗意更深一层。

终风

"抑扬顿挫" 读原文

终风且暴①，顾我则笑。
谑浪笑敖②，中心是悼③。

终风且霾④，惠然肯来⑤。
莫往莫来，悠悠我思。

终风且曀⑥，不日有曀⑦。
寤言不寐，愿言则嚏⑧。

曀曀其阴⑨，虺虺其雷⑩。
寤言不寐，愿言则怀⑪。

"字斟句酌" 查注释

① 终：既。暴：疾风。

② 谑（xuè）浪：狂荡地调戏。笑敖：放纵地取笑。敖，放纵。

③ 悼：悲伤。

④ 霾（mái）：烟尘蔽天貌。

⑤ 惠然：柔顺貌。

⑥ 曀（yì）：天有风而阴暗。

⑦ 不日：不到一天。有：通"又"。

⑧ 愿言则嚏（tì）：谚语："打喷嚏，有人想。"

⑨ 曀曀：天气阴暗貌。

⑩烜（huǐ）烜：象声词，近于"轰轰"。
⑪怀：怀念。

"古文今解"看译文

大风刮起疾又暴，见我就是哈哈笑。
放荡调戏纵轻狂，叫人心跳又害臊。

大风刮起尘遮天，有时柔顺近身前。
若是多日不来往，却又相思意绵绵。

大风刮起乌云密，暂晴又阴重遮蔽。
梦醒长思难入眠，愿他感应打喷嚏。

阴雾沉沉水汽生，远方隐隐有雷鸣。
梦醒长思难入眠，愿他悔悟怀念我。

"知人论世" 聊背景

　　此诗写一女子对一放荡男子爱恨交织的矛盾心理。各章皆以自然气象起兴，风雷、阴霾，形象鲜明，很好地烘托了人物的性格。心理刻画细致生动。

击鼓

"抑扬顿挫" 读原文

击鼓其镗①，踊跃用兵②。
土国城漕③，我独南行。

从孙子仲④，平陈与宋⑤。
不我以归⑥，忧心有忡⑦。

爰居爰处⑧，爰丧其马⑨。
于以求之⑩？于林之下。

死生契阔⑪，与子成说⑫。
执子之手，与子偕老。

于嗟阔兮⑬，不我活兮！
于嗟洵兮⑭，不我信兮！

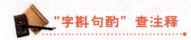 "字斟句酌" 查注释

① 镗（tāng）：击鼓声。

② 兵：指兵器。

③ 土国：在国都服土功之役。城漕：在漕邑筑城。土、城，都用作动词。

④ 孙子仲：此次南征的卫国统帅。

⑤ 平陈与宋：平弥陈、宋两国的纠纷。

⑥ 不我以归：不让我回去。"我"字因否定而宾语前置。

⑦ 有忡（chōng）：犹"忡忡"，心神不宁貌。

⑧ 爰（yuán）：于是。

⑨ 丧：丢失。

⑩ 于以：于何。

⑪ 契：合。阔：离。契阔，偏义复词，偏取"合"义。

⑫ 子：作者称其妻子。成说（shuō）：约定，发誓。

⑬ 于：通"吁"。于嗟：叹词。

⑭ 洵（xún）：久远。

⑮ 信：守信用，守约。

"古文今解" 看译文

敲起战鼓咚咚响，军士踊跃练刀兵。
别人筑城服劳役，独我从军去南方。

跟随统帅孙子仲，出征调和陈与宋。
久久不能返家园，忧心如焚真苦痛。

只好随处扎营盘，战马走失心烦烦。
叫我哪里去寻找？幸好藏在树林间。

夫妻生死在一道，与你相约永结好。
双双携手爱情深，与你白头共携老。

可叹远隔路冥冥，使我性命叹堪忧！
可哀分离恁长久，使我誓言皆落空！

"知人论世" 聊背景

　　"此戍卒思归不得诗也。"（方玉润《诗经原始》）其中着重写了该戍卒出征久戍的经过和对家中妻子的思念之情。清人姚际恒据《左传》记载，认为是指鲁宣公十二年宋伐陈，卫穆公出兵救陈而受晋国攻伐、处境狼狈的事，可备一说。

匏有苦叶

"抑扬顿挫" 读原文

匏有苦叶①，济有深涉②。
深则厉③，浅则揭④。

有渳济盈⑤，有鷕雉鸣⑥。
济盈不濡轨⑦，雉鸣求其牡⑧。

雝雝鸣雁⑨，旭日始旦⑩。
士如归妻⑪，迨冰未泮⑫。

招招舟子⑬，人涉卬否⑭。
人涉卬否，卬须我友⑮。

"字斟句酌" 查注释

① 匏（páo）：葫芦系在腰间利于在水中漂浮，故可借以渡水，称为腰舟。苦：通"枯"。叶枯，标志着葫芦已干，可做腰舟了。

② 济（jǐ）：水名，源出河南济源市西王屋山。涉：这里指渡口。

③ 厉：带。这里指带葫芦泅水。

④ 揭（qì）：扛。

⑤ 有渳（mí）：犹"渳渳"，水满貌。

⑥ 有鷕（yǎo）：犹"鷕鷕"，雉的鸣声。

⑦ 濡（rú）：沾湿。轨：车轴的两端。

⑧ 牡：雄兽称牡，此指雄雉。

⑨ 雝（yōng）雝：鸟的鸣声。

⑩ 旭日：初升的太阳。旦：明。

⑪ 归妻：娶妻。归本为嫁义，这里是使动用法。

⑫ 迨（dài）：及，趁。泮（pàn）：溶解。

⑬ 招招：摆手相招。

⑭ 卬（áng）：我。

⑮ 须：等候，等待。

 **"古文今解"看译文**

葫芦叶枯葫芦熟，济水边有深渡口。
水深葫芦系腰上，水浅葫芦扛肩头。

济水乍看满盈盈，野鸡咯咯叫不停。
半截车轮未湿到，野雉求偶鸣声传。

大雁对唱正多情，朝阳初上放光明。
你若有心将我娶，须趁河水未结冰。

船夫向我连招手，别人过河我不走。
别人过河我不走，我将恋人慢慢等。

 "知人论世" 聊背景

　　本诗写济水旁的一位姑娘，在等待对岸的未婚夫前来迎娶。诗从多方面对姑娘的所见、所闻、所想进行了描写，有景物，有情节，有心灵，惟妙惟肖，引人遐想。

式微

 "抑扬顿挫" 读原文

式微式微①，胡不归？
微君之故②，胡为乎中露③？

式微式微，胡不归？
微君之躬④，胡为乎泥中？

 "字斟句酌" 查注释

①式：语气助词，无义。微（mèi）：通"昧"，幽暗，指天黑。
②微：不，不是。故：事。
③中露：露中。

④ 躬：身体。

"古文今解" 看译文

天已黑，天已黑，为何难以把家回？
不为主子服苦役，怎会头顶寒露恁伤悲？

天已黑，天已黑，为何难以把家回？
不为主子养贵体，怎会脚踩污泥恁倒霉？

"知人论世" 聊背景

　　此诗表达的是劳役之人对残暴领主的强烈抗议。诗在结构上运用了《诗经》中常见的重章叠句，上下章只有两字之差，反复咏叹。诗在造句上的特点是多用反问，八句之中反问了四次，给人以强烈的不平之感。

鄘风

　　《鄘风》为鄘地华夏族民歌。武王克商，分商都朝歌以北为邶，南为鄘，东为卫。故地在今河南省卫辉市境内。

柏舟

 **"抑扬顿挫" 读原文**

　　泛彼柏舟，在彼中河①。
　　髧彼两髦②，实维我仪③，之死矢靡它④。
　　母也天只⑤，不谅人只！

　　泛彼柏舟，在彼河侧。
　　髧彼两髦，实维我特⑥，之死矢靡慝⑦。
　　母也天只，不谅人只！

"字斟句酌" 查注释

①中河：即河中。

②髧（dàn）：头发下垂貌。两髦（máo）：古代男子二十岁加冠，未冠前

披发，额前长至眉毛，额后扎成两绺，左右各一，叫两髦。

③维：是。仪：匹，配偶。

④之：到。矢：誓。靡它：没有二心。

⑤只：语气词。

⑥特：配偶。

⑦愿（tè）："忒"的借字，更改。也指邪恶、恶念，引申为变心。

"古文今解"看译文

柏木船儿忆销魂，河中波粼粼。

分垂鬓发美少年，我已和他定终身，誓死不变心。

老天爷，老娘亲，为啥不能体谅人！

柏木船儿忆销魂，近岸草如茵。

分垂鬓发美少年，我已和他结同心，誓死不离分。

老天爷，老娘亲，为啥不能体谅人！

诗经这样读

"知人论世" 聊背景

　　一个姑娘与她中意的小伙深深相爱，私定终身，却受到母亲的干预。事情弄到了十分严重的地步，但她宁死不改其志。诗中以直接抒情的方式表达了她对婚姻自由的追求，读者能真切地感受到她的义无反顾。

墙有茨

"抑扬顿挫" 读原文

墙有茨[①]，不可埽也[②]。
中冓之言[③]，不可道也。
所可道也[④]，言之丑也。

墙有茨，不可襄也[⑤]。
中冓之言，不可详也。
所可详也，言之长也。

墙有茨，不可束也[⑥]。
中冓之言，不可读也[⑦]。
所可读也，言之辱也。

"字斟句酌" 查注释

①茨（cí）：蒺藜。
②埽（sǎo）：通"扫"。不可埽：墙上蒺藜，可用以防闲内外，故云。

55

③ 中冓（gòu）：内室，此指宫闱内部。
④ 所：若。全句为假设语气。
⑤ 襄：通"攘"，除去。
⑥ 束：总聚，意思是收拾干净。
⑦ 读：诵书，引申为大声谈论。

 "古文今解"看译文

墙上蒺藜守，不可连根扭。
宫中隐秘话，不可说出口。
若要说出口，听来实在丑。

墙上蒺藜满，不可连根剪。
宫中隐秘话，不可详细谈。
若要详细谈，丑事实在多。

墙上蒺藜多，不可连根拖。

宫中隐秘话，不可公开说。

若要公开说，人脸没处搁。

"知人论世"聊背景

本诗以辛辣的口吻，尖锐讽刺了宫中贵族的淫乱无耻。卫宣公因见到儿子要娶的新娘宣姜貌美，便在河上筑台劫为己有。宣公死后，其庶长子公子顽又与宣姜姘居，生了三男二女。对这些宫廷秽事，诗中并未一一罗列，而是托兴反讽，引而不发，十分含蓄。

桑中

"抑扬顿挫"读原文

爰采唐矣①？沬之乡矣②。

云谁之思③？美孟姜矣④。

期我乎桑中⑤，要我乎上宫⑥，送我乎淇之上矣⑦。

爰采麦矣？沬之北矣。

云谁之思？美孟弋矣。

期我乎桑中，要我乎上宫，送我乎淇之上矣。

爰采葑矣⑧？沬之东矣。

云谁之思？美孟庸矣。

期我乎桑中，要我乎上宫，送我乎淇之上矣。

"字斟句酌" 查注释

① 爰：何处。唐：借为"棠"，梨的一种。

② 沫（mèi）：卫国邑名，在今河南淇县南。乡：郊外。

③ 云：语首助词。

④ 孟：排行居长。姜：姓。孟姜：姜家大姑娘。这里是以贵族姓氏泛称美人。下文孟弋（yì）、孟庸同此。

⑤ 期：约会。桑中：桑树林中。一说为小地名。

⑥ 要（yāo）：通"邀"，邀请。上宫：楼。

⑦ 淇：水名，在今河南省北部。

⑧ 葑（fēng）：蔓菁。

"古文今解" 看译文

哪里采棠梨？沫邑一村庄。

把谁来思念？美人叫孟姜。

约我桑中藏，邀我上楼房，临行送我淇水旁。

哪里采麦子？沫邑北面地。

把谁来思念？美人叫孟弋。

约我桑中欢，邀我上楼房，临行送我淇水边。

哪里采蔓菁？沫邑向东行。

把谁来思念？美人叫孟庸。

约我桑中见，邀我上楼房，临行送我淇水岸。

"知人论世" 聊背景

本诗是吟咏一位男子与情人密约幽会的情歌。过去长期被道学家视为"淫诗""淫奔之诗",是《礼记·乐记》所谓"桑间濮上之音"的典型作品。《毛诗序》则解为"刺奔也"。诗中的孟姜、孟弋、孟庸三者实指一人,犹如今天称美人为西施、貂蝉一般。行文采用问答形式,轻松、明快、自然。

卫风

《卫风》是卫国地方民歌。卫地为原来殷商的故地，周武王灭殷，占领殷都朝歌一带，三分其地，东为卫。

淇奥

"抑扬顿挫" 读原文

瞻彼淇奥[①]，绿竹猗猗[②]。

有匪君子[③]，如切如磋，如琢如磨。

瑟兮僩兮[④]，赫兮咺兮[⑤]！

有匪君子，终不可谖兮[⑥]！

瞻彼淇奥，绿竹青青[⑦]。

有匪君子，充耳琇莹[⑧]，会弁如星[⑨]。

瑟兮僩兮，赫兮咺兮！

有匪君子，终不可谖兮！

瞻彼淇奥，绿竹如箦[⑩]。

有匪君子，如金如锡，如圭如璧[⑪]。

宽兮绰兮[⑫]，猗重较兮[⑬]！

善戏谑兮，不为虐兮⑭！

"字斟句酌" 查注释

① 瞻：看。淇：水名。奥（yù）：通"澳""隩"，流水弯曲处。

② 猗猗：美盛貌。

③ 匪：通"斐"，有文采。

④ 瑟：庄重貌。僩（xiàn）：威武貌。

⑤ 赫：光明貌。咺（xuān）：借为"烜"，盛大貌。

⑥ 谖（xuān）："萱"的借字，忘忧之草，引申为忘记。

⑦ 青（jīng）青："菁菁"，茂盛貌。

⑧ 充耳：装饰品，以丝系玉或象牙悬于冠冕两侧，下垂至耳，用以塞耳避听。琇（xiù）：宝石。莹：光润晶莹。

⑨ 会（kuài）：借为"琀"，玉饰冠缝。此指皮帽合缝处。弁（biàn）：皮帽。如星：指玉石装饰像星星一样闪亮。

⑩ 箦：音义通"积"。

⑪ 圭、璧：皆为玉器。

⑫ 宽：宽宏。绰：和缓。

⑬ 猗：借作"倚"，依凭。重较：较是古代车厢两旁板上做扶手用的曲木或铜钩。汉人称为车耳。一车有双较，故曰重。

⑭ 虐：刻薄。

"古文今解" 看译文

河湾淇水流来，绿竹一片良材。

文采风流贤士，好似切磋精美，恰如琢磨细白。

何等威武庄重，如此光明坦率！

文采风流贤士，令人永难忘怀！

河湾淇水叮咚，绿竹一片葱葱。

文采风流贤士，充耳玉色晶莹，帽上缀玉如星。

何等庄重威武，那么正大光明！

文采风流贤士，令人永难忘情！

河湾淇水鸣琴，绿竹一片如林。

文采风流贤士，金锡一般精纯，圭璧一般温馨。

何等宽宏舒缓，凭车器宇凌云！

谈吐诙谐风趣，从不刻薄伤人！

"知人论世" 聊背景

这首诗是对一位卫国贤士的赞美。全诗三章，分别称赞他的道德人品、仪容装饰和气宇风度。其中"如切如磋"等几则比喻美妙而清新。自《毛诗序》始，世人多认为此诗是赞美卫武公的，于史无证，只是猜测。

考槃

考槃在涧①，硕人之宽②。
独寐寤言③，永矢弗谖④。

考槃在阿⑤，硕人之薖⑥。
独寐寤歌，永矢弗过⑦。

考槃在陆⑧，硕人之轴⑨。
独寐寤宿，永矢弗告⑩。

"字斟句酌" 查注释

① 考槃（pán）：盘桓之意。涧（jiàn）：山谷间的水流。

② 硕人：美人，贤人。宽：宽敞之地。

③ 寐：睡。寤：醒。言：说。

④ 矢：通"誓"。弗谖（xuān）：不忘。

⑤ 阿（ē）：山坡。

⑥ 薖（kē）："窠（kē）"的借字。

⑦ 过：过从，来往。

⑧ 陆：高平之地。

⑨ 轴：车轴。引申为盘桓之地。

⑩ 弗告：不告诉别人。

"古文今解" 看译文

自由盘桓溪涧旁，贤士隐居好地方。
独睡独醒独说话，难忘其中乐趣长。

自由盘桓在山中，贤士简朴住茅棚。
独睡独醒独歌唱，不用与人相来往。

自由盘桓在高原，贤士驾车自悠闲。
独睡独醒独自卧，此乐不对外人言。

"知人论世" 聊背景

这是一首隐士诗，抒写隐者的山林之乐，独具特点。此诗在后世有较大影响，有人称之为隐逸诗之宗。

硕人

"抑扬顿挫" 读原文

硕人其颀①，衣锦褧衣②。
齐侯之子③，卫侯之妻④，东宫之妹⑤，
邢侯之姨⑥，谭公维私⑦。

手如柔荑⑧，肤如凝脂⑨。
领如蝤蛴⑩，齿如瓠犀⑪，螓首蛾眉⑫。
巧笑倩兮⑬，美目盼兮⑭。

硕人敖敖⑮，说于农郊⑯。
四牡有骄⑰，朱幩镳镳⑱，翟茀以朝⑲。
大夫夙退⑳，无使君劳㉑。

河水洋洋㉒，北流活活㉓。
施罛濊濊㉔，鱣鲔发发㉕，葭菼揭揭㉖。
庶姜孽孽㉗，庶士有朅㉘。

"字斟句酌" 查注释

①硕人：大人，美人。指庄姜。时人以修长高大为美，"硕""美"二字为赞美男女之通词。颀（qí）：身长貌。

②前一"衣"字读yì，做"穿"讲。褧（jiǒng）：亦作"絅"，罩衫，用枲麻之类材料织成，出嫁途中穿，以蔽尘土。此句说在锦衣上加有褧衣。

③ 齐侯：指齐庄公。子：指女儿。

④ 卫侯：指卫庄公。

⑤ 东宫：指齐国太子，名得臣。太子住东宫，故常以东宫代称太子。

⑥ 邢：邢国，在今河北省邢台县。姨：妻子的姐妹。

⑦ 谭：国名，亦称郸、覃，在今山东省历城县东南。维：其。私：女子称姐妹的丈夫为私。

⑧ 荑（tí）：初生的茅草。此句以柔荑比喻手的洁白柔滑。

⑨ 凝脂：凝结的脂肪。比喻皮肤的白皙光洁。

⑩ 领：颈。蝤蛴（qiú qí）：天牛的幼虫，色白身长。

⑪ 瓠（hù）犀：葫芦的子，白而整齐。

⑫ 蝤（qín）：虫名，似蝉而小。蛾：蚕蛾，其触角细长而弯。

⑬ 倩（qiàn）：笑时两颊酒窝好看的样子。

⑭ 盼：黑白分明的样子。

⑮ 敖敖：身材高高。

⑯ 说（shuì）：停止。农郊：近郊。

⑰ 四牡：驾车的四匹雄马。骄：健壮的样子。

⑱ 朱帻（fén）：马嚼两端用红绸缠绕而成的装饰。镳镳（biāo）：盛美的样子。

⑲ 翟（dí）：长尾野鸡。茀（fú）：用以障蔽女子车子的东西。朝：朝见，指庄姜会见庄公。

⑳ 大夫：这里指群臣。夙（sù）退：指早些退朝。

㉑ 劳：劳累。

㉒ 河：黄河。洋洋：水盛大的样子。

㉓ 活（guō）活：水流声。

㉔ 施：这里是张或撒的意思。罛（gū）：渔网。濊濊（huò）：撒网入水的声音。

㉕ 鳣（zhān）：黄鱼。鲔（wěi）：鳝鱼。发发（bō）：鱼尾摆动的声音。

㉖ 葭（jiā）：芦苇。菼（tǎn）：荻草。揭揭：高立的样子。

㉗ 庶姜：齐国陪同庄姜出嫁的众女。齐国姜姓，故云庶姜。孽（niè）孽：高长的样子。

㉘ 庶士：指随从庄姜到卫的诸臣，古时称为"媵臣"。揭（qiè）：英武高大的样子。

"古文今解"看译文

高挑美人好美丽，锦缎衣裳罩纱衣。

齐侯呼爱女，卫侯称娇妻，太子喊胞妹，

邢侯叫小姨，谭公就是她妹婿。

手指纤纤如嫩荑，皮肤白皙似凝脂。

脖颈光润赛蝤蛴，牙齿整齐像瓠子，方额似蝉蛾眉细。

嫣然一笑酒窝动，两泓秋波娇欲滴。

出色美人个头高，停车休息在近郊。

四匹雄马气势骄，嚼子边上红绸飘，车插雉尾来上朝。

众位官员及早退，莫使卫君太辛劳。

放眼黄河水淼淼，洪流北下浪滔滔。

呼呼有声撒渔网，鳣鲔泼刺无可逃，芦苇荻草风萧萧。

陪嫁众女亭亭立，随从武臣意气豪。

"知人论世"聊背景

　　齐庄公的女儿嫁与卫庄公为妻，人称庄姜。庄姜初至卫地，卫人作此诗，盛赞她的高贵出身、美丽容貌、豪华车仗和众多媵从。诗的第二章旧有"美人图"之誉，其中连用了六个比喻来详细摹状庄姜的形体之美，十分独特。"巧笑倩兮，美目盼兮"二句灵动活脱，历来极受推崇，魅力永存。

氓

"抑扬顿挫"读原文

氓之蚩蚩①，抱布贸丝②。

匪来贸丝，来即我谋③。

送子涉淇，至于顿丘④。

匪我愆期⑤，子无良媒。

将子无怒⑥，秋以为期。

乘彼垝垣⑦，以望复关⑧。

不见复关，泣涕涟涟。

既见复关，载笑载言⑨。

尔卜尔筮⑩，体无咎言⑪。

以尔车来，以我贿迁⑫。

桑之未落，其叶沃若⑬。
于嗟鸠兮⑭，无食桑葚⑮。
于嗟女兮，无与士耽⑯。
士之耽兮，犹可说也⑰。
女之耽兮，不可说也。

桑之落矣，其黄而陨⑱。
自我徂尔⑲，三岁食贫⑳。
淇水汤汤㉑，渐车帷裳㉒。
女也不爽㉓，士贰其行㉔。
士也罔极㉕，二三其德㉖。

三岁为妇，靡室劳矣㉗。
夙兴夜寐㉘，靡有朝矣㉙。
言既遂矣㉚，至于暴矣㉛。
兄弟不知，咥其笑矣㉜。
静言思之，躬自悼矣㉝。

及尔偕老㉞，老使我怨。
淇则有岸，隰则有泮㉟。
总角之宴㊱，言笑晏晏㊲。
信誓旦旦㊳，不思其反㊴。
反是不思㊵，亦已焉哉㊶！

 "字斟句酌" 查注释
....

①氓：农民。蚩（chī）蚩：嘻嘻，笑貌。

② 贸：交换。

③ 即：靠近。谋：指商议婚事。

④ 顿丘：地名，在今河南省清丰县。

⑤ 愆（qiān）：错过，耽误。

⑥ 将（qiāng）：请。

⑦ 乘：登。垝（guǐ）：毁。垣（yuán）：墙。

⑧ 复关：地名，男子所经之处。

⑨ 载：则，就。

⑩ 尔：你。卜：占卜，火烧龟甲，以裂纹判吉凶。筮（shì）：以蓍（shī）草五十根排比成卦，以卦形断吉凶。

⑪ 体：卜筮所得的兆体与卦体。咎言：不吉利的话。

⑫ 贿：财物，指嫁妆。

⑬ 沃若：犹沃然，润泽貌。

⑭ 于嗟：悲叹声。于，通"吁"。鸠：斑鸠。

⑮ 桑葚（shèn）：桑树的果实。相传鸠食桑葚过多则醉。

⑯ 耽：沉溺于玩乐。这里意为迷恋。

⑰ 说：借为"脱"，摆脱。

⑱ 陨（yǔn）：落下。

⑲ 徂（cú）：往，到，指出嫁。

⑳ 食贫：吃苦受穷。

㉑ 汤（shāng）汤：水流貌。

㉒ 渐（jiān）：浸湿。帷裳：车旁的布幔。

㉓ 爽：差错。

㉔ 贰：二，此指前后不一。行（háng）：行为。

㉕ 罔：无。极：准则。

㉖ 二三其德：在品德上三心二意，指变心。

㉗ 靡：无。靡室劳：是说家务劳动承担无余。

㉘ 夙兴夜寐：早起晚睡。

㉙ 靡有朝：是说不是一天这样，而是天天如此。

㉚ 言：助词。遂：安，指生活安定。

㉛ 暴：暴虐。

㉜ 咥（xì）：大笑貌。

㉝ 躬自：自己。悼：悲伤。

㉞ 及：与。偕老：夫妻共同生活到老。

㉟ 隰（xí）：低湿之地。泮（pàn）：通"畔"，岸。

㊱ 总：扎。总角：古代儿童束发成两角的样子。宴：快乐。

㊲ 晏晏：和悦貌。

㊳ 信誓：真挚地发誓。旦旦：诚恳貌。

㊴ 不思：没想到。

㊵ 是：这，指誓言。

㊶ 已：罢了。

"古文今解" 看译文

农家青年笑嘻嘻，抱着布匹来换丝。
其实不是把丝换，跟我来把婚事提。
当时送你过淇水，直到顿丘才分离。
不是我要拖时日，没有良媒是难题。
请你莫要不高兴，约以秋天做婚期。

复关不见爱人影，焦急伤心泪涟涟。
见你又把复关过，连说带笑真欢喜。
你曾求神又占卦，卦无凶兆报平安。
拉着车子迎亲到，就此把我嫁妆搬。

桑叶未落声喧喧，葱绿满枝光色鲜。
小小斑鸠要留意，贪吃桑葚醉难堪。
哎哟姑娘要谨慎，别把男人太痴恋。
男人若把女人赚，轻易甩开无留恋。
女人若把男人爱，要想撒手实在难。

.

桑叶凋零西风紧，枯黄憔悴飘纷纷。
从我嫁到你家后，三年吃苦受寒贫。
淇水哗哗流不尽，溅湿车帘潮洇洇。
我做妻子无过错，你做丈夫太不仁。
一个男人无常性，三心二意没良心。

三年媳妇整日忙，全部家务一人当。
起早睡晚不停手，哪天不是这模样。
生活好转才安定，态度渐变好凶狂。
兄弟不知我难处，嘻嘻哈哈如平常。
静思默想向谁诉，只有自己暗心伤。

白头偕老忆誓言，老年只会怨前嫌。
淇水虽宽有堤岸，沼泽虽大也有边。

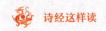

儿时情景真欢快，温馨和悦共笑谈。

山盟海誓多诚挚，不料翻脸结仇冤。

违背誓言你不顾，如此分开不相干！

"知人论世" 聊背景

本诗写的是一位女子自述她当初与一个男子自主恋爱、无媒结婚的情景以及婚后受虐待、终被遗弃的遭遇。原作的意向似是委婉地戒人私奔。我们从中可以看出一种带有普遍意义的社会现象：见异思迁，喜新厌旧，从而给这名女子造成了极大的精神痛苦。诗中发出了"于嗟女兮，无与士耽"的警告，但这显然又不是真正可行的解决办法。

王风

"王"即王都。平王东迁洛邑，周室衰微，无力驾驭诸侯，其地位等于列国，所以称为《王风》。

黍离

彼黍离离①，彼稷之苗②。
行迈靡靡③，中心摇摇④。
知我者，谓我心忧；
不知我者，谓我何求。
悠悠苍天⑤，此何人哉！

彼黍离离，彼稷之穗。
行迈靡靡，中心如醉。
知我者，谓我心忧；
不知我者，谓我何求。
悠悠苍天，此何人哉！

彼黍离离，彼稷之实。

行迈靡靡，中心如噎⑥。

知我者，谓我心忧；

不知我者，谓我何求。

悠悠苍天，此何人哉！

"字斟句酌"查注释

①黍（shǔ）：粮食作物名，粟类，果实去皮后称黄米，有黏性。离离：行列貌。

②稷（jì）：粮食作物名，即粟，今北方通称谷子，果实去皮后称小米。

③行迈：远行。靡靡：迟迟。

④摇摇：通"愮愮"，忧闷无告。

⑤悠悠：遥远。

⑥噎：食物堵塞咽喉。

"古文今解"看译文

看那黍子一行行，高粱苗儿油光光。

脚下步子迟缓，心中郁闷难当。

了解我的，说我忧思故乡；

不了解的，说我把啥寻访。

高高苍天，是谁弄得恁凄凉！

看那黍子头儿坠，高粱已经结新穗。

脚下行步迟疑，心中昏晕如醉。

了解我的，说我忧思故地；

不了解的，说我把啥寻觅。

高高苍天，是谁弄得恁凄厉！

看那黍子一簇簇，谷穗飘香尽成熟。

脚下行步缓慢，心中如同被堵。

了解我的，说我忧思故土；

不了解的，说我把啥寻索。

高高苍天，是谁弄得恁凄楚！

"知人论世"聊背景

诗中出现的是一个行旅之人，全篇弥漫着一种凄凉悲怆的情绪。是写爱国志士的忧时怨战？是写流浪者的郁闷思乡？这几种观点都有人主张过。但最为通行的却是《毛诗序》的诠解："《黍离》，闵（通悯）宗周也。周大夫行役至于宗周，过故宗庙宫室，尽为禾黍。闵周室之颠覆，彷徨不忍去，而作是诗也。"此解虽然就字面看难以确指，但氛围上却颇能符合，故一向被作为权威的解说而为注家所崇尚。

君子于役

君子于役[1]，不知其期。

曷至哉[2]？

鸡栖于埘[3]，日之夕矣，羊牛下来。

君子于役，如之何勿思！

君子于役，不日不月[4]。

曷其有佸[5]？

鸡栖于桀[6]，日之夕矣，羊牛下括[7]。

君子于役，苟无饥渴[8]？

"字斟句酌" 查注释

①君子：贵族男子的通称，这里指其丈夫。于：往。

②曷（hé）：何，此指何时。至：此指至家。

③埘（shí）：在墙上挖的鸡窝。

④不日不月：指没有限期。

⑤佸（huó）：相会。

⑥桀：指鸡栖的栅栏。

⑦括：通"佸"。

⑧苟：或许，一说但愿。

"古文今解" 看译文

丈夫服役在远方，期限难估量。

何时才能回家乡？

鸡群宿窝去，夕阳映霞光，山坡赶下牛和羊。

丈夫服役地遥远，心里怎不把他想！

丈夫服役在远方，日月难计量。

何时重新聚一堂？

鸡群进栏去，晚霞余晖黄，圈棚赶进牛和羊。

丈夫服役在远方，或许不会饿肚肠？

 "知人论世" 聊背景

　　这是一首闺怨诗，作于周平王时代。表现了一位女子对其丈夫久戍不归的深切思念。"《小序》谓刺平王，《伪说》以为戍者之妻作，皆凿也。诗到真极，羌无故实，亦自可传。"（方玉润《诗经原始》）诗中抓住傍晚景况着力渲染，借以抒发伤离念远之情的写法，是一种重要的开创。

清人许瑶光曾说:"鸡栖于桀下牛羊,饥渴萦怀对夕阳。已启唐人闺怨句,最难消遣是昏黄。"(《再读〈诗经〉四十二首》之十四)评价甚高。

君子阳阳

 "抑扬顿挫" 读原文

　　君子阳阳①,左执簧②,右招我由房③。
　　其乐只且④!

　　君子陶陶⑤,左执翿⑥,右招我由敖⑦。
　　其乐只且!

 "字斟句酌" 查注释

　　①君子:指舞人。阳阳:即洋洋,欢快貌。
　　②簧:指笙类乐器。
　　③我:乐工自称。由房:可能是"由庚""由仪"一类笙乐,房中之乐。房中对庙朝而言,是君主休息时所奏之乐。
　　④只且(jū):犹"也,哉",语助词。
　　⑤陶陶:和乐貌。
　　⑥翿(dào):一种舞具,以鸟羽编成,形似扇子。
　　⑦由敖:舞曲名,类通"由房"。

 "古文今解" 看译文

　　舞师喜洋洋,左手拿笙簧,右手招我奏"由房"。
　　大家喜欲狂!

舞师乐陶陶，左手摇羽毛，右手招我奏"由敖"。
大家兴高昂！

"知人论世"聊背景

这是一首乐舞诗。诗中描写舞人与乐工互通讯息，密切配合，气氛热烈，情绪欢快，读之如在眼前。

中谷有蓷

"抑扬顿挫"读原文

中谷有蓷①，暵其干矣②。
有女仳离③，嘅其叹矣④。
嘅其叹矣，遇人之艰难矣⑤！

中谷有蓷，暵其脩矣⑥。

有女仳离，条其歗矣⑦。

条其歗矣，遇人之不淑矣⑧！

中谷有蓷，暵其湿矣⑨。

有女仳离，啜其泣矣⑩。

啜其泣矣，何嗟及矣⑪！

"字斟句酌" 查注释

① 中谷：谷中。蓷（tuī）：益母草，常生于潮湿之处。

② 暵（hàn）：干枯貌。其：语助词。

③ 仳（pǐ）离：分离。这里指被遗弃。

④ 嘅（kǎi）：同慨，感慨。

⑤ 艰难：指所嫁丈夫不好。

⑥ 脩（xiū）：干肉。引申为干枯。

⑦ 条：长。歗：通"啸"，长啸出声，这里也指长叹。

⑧ 淑：善，良。

⑨ 湿：借为曝（qī），晒干。

⑩ 啜：哭泣时的抽噎。

⑪ 何嗟及矣：应作"嗟何及矣"，后人传写之误。

"古文今解" 看译文

益母草生在山谷，天旱暴晒变干枯。

有位女子遭抛弃，长吁短叹气难舒。

长吁短叹气难舒，不幸嫁个坏丈夫！

益母草在山谷长，天旱暴晒变枯黄。

有位女子遭抛弃，长吁短叹太心伤。
长吁短叹太心伤，不幸嫁个负心郎！

益母草长山谷底，天旱暴晒变干皮。
有位女子遭抛弃，呜咽悲泣泪淋漓。
呜咽悲泣泪淋漓，如今后悔已不及！

"知人论世" 聊背景

　　荒年饥馑，一位妇女遭丈夫抛弃，悲伤无告，自哀自悼。诗中以生在山谷的益母草为兴体，对之进行了反复吟咏。

郑风

《郑风》是郑国地方民歌，多言情之作。

将仲子

"抑扬顿挫"读原文

将仲子兮①，无逾我里②，无折我树杞③！
岂敢爱之④？畏我父母。
仲可怀也⑤，父母之言，亦可畏也。

将仲子兮，无逾我墙，无折我树桑⑥！
岂敢爱之？畏我诸兄。
仲可怀也，诸兄之言，亦可畏也。

将仲子兮，无逾我园，无折我树檀⑦！
岂敢爱之？畏人之多言。
仲可怀也，人之多言，亦可畏也。

"字斟句酌"查注释

① 将（qiāng）：请。一说为发语词。仲：弟兄排行第二为仲。子：男子的美称。

② 逾：越过。里：古时五家为邻，五邻为里，里有隔墙，此处即指里墙。

③ 折：攀折，踩断。杞（qǐ）：柳一类树名。

④ 爱：吝惜之意。之：指杞树。

⑤ 怀：思念。

⑥ 树桑：古代墙边种桑树，园中种檀树。

⑦ 檀：树名，木质坚硬，可造器具。

"古文今解"看译文

还请二哥别莽撞，不要翻我邻家墙，别把杞树来损伤！

哪是我要吝惜树？都是害怕我爹娘。

思念二哥放不下，无奈父母要责骂，心中老害怕。

还请二哥别着忙，不要翻过我家墙，别把桑树来损伤！

哪是我要吝惜树？怕我兄长性子强。

思念二哥放不下，无奈兄长没好腔，心中很恐慌。

还请二哥别乱闯，不要翻过我园墙，别把檀树来损伤！

哪是我要吝惜树？怕人流言纷扬扬。

思念二哥放不下，无奈流言难提防，心中总惶惶。

"知人论世"聊背景

这是一首优美的情诗。诗中着力刻画了女子的内心矛盾：她很想和情人相会，又怕他爬过墙头会引起父兄的斥责和别人的议论。从中可以看出家长制的威严和旧礼教的强大，它们共同构成了压抑青年相爱的精神枷锁，而爱情却又常常由于压抑而迸射出更强的光华。许多儒者则仍然依着自己的喜好，在诗章的政治寓意和是否"淫奔"上大做文章。

大叔于田

"抑扬顿挫" 读原文

叔于田^①，乘乘马^②。

执辔如组^③，两骖如舞^④。

叔在薮^⑤，火烈具举^⑥。

襢裼暴虎^⑦，献于公所。

将叔勿狃^⑧，戒其伤女^⑨！

叔于田，乘乘黄⑩。

两服上襄⑪，两骖雁行⑫。

叔在薮，火烈具扬⑬。

叔善射忌⑭，又良御忌。

抑磬控忌⑮，抑纵送忌⑯。

叔于田，乘乘鸨⑰。

两服齐首⑱，两骖如手⑲。

叔在薮，火烈具阜⑳。

叔马慢忌，叔发罕忌㉑。

抑释掤忌㉒，抑鬯弓忌㉓。

"字斟句酌" 查注释

①叔：男子表字，又称"三郎""老三"。于：往。田：打猎。

②前一"乘"字：读 chéng，即驾。后一"乘"字：读 shèng，四马一车叫一乘。

③辔（pèi）：马缰绳。组：丝带。

④骖（cān）：周代的车，当中的独辕叫辀，左右各套两马。里边的两匹称服，外边的两匹称骖。

⑤薮（sǒu）：沼泽地带，多草木，禽兽聚居之所。

⑥火烈具举：《郑笺》："列人持火具举，言众同心。"烈，通"列"，行列。

⑦襢裼（tǎn xī）：赤膊。暴虎：空手打虎。

⑧狃（niǔ）：习以为常。引申为掉以轻心之意。

⑨戒：警惕。女：通"汝"，指叔。

⑩乘黄：四匹黄马。

⑪襄：通"骧"，驾。上襄：在前驾车。

⑫两骖雁行：两骖稍后于服马，如飞雁行列。

⑬扬：起。

⑭忌：语气词。

⑮ 抑：发语词。磬（qìng）：乐器名。这里以其形状形容御者弯腰前屈，勒马止行。

⑯ 纵送：纵马奔驰。

⑰ 鸨（bǎo）：黑白杂色的马，其色如鸨，故以鸟名马。

⑱ 齐首：整齐并进，像人的头。

⑲ 手：言两骖在旁而稍后，像人的双手。

⑳ 阜：旺盛。

㉑ 发：射箭。罕：少。

㉒ 掤（bīng）：箭筒盖子。释掤：打开箭筒盖。此句是说准备把箭收起。

㉓ 鬯（chàng）："韔"的借字，弓袋。鬯弓：指将弓放进弓袋。

"古文今解"看译文

三郎出猎好仪表，四马驾车跑。

手握马缰如丝制，两匹骖马如舞蹈。

三郎在林沼，众人举火火光燎。

空手打虎赤膊上，献与郑公声名好。

还请三郎别大意，警惕野兽把你咬！

三郎出猎意气扬，驾车四马黄。

两匹服马当前列，两匹骖马像雁行。

三郎在猎场，众人举火映红光。

三郎善射箭，驾马本领强。

忽而刹车急勒马，转眼纵马奔前方。

三郎出猎意气雄，四马黑又明。

两匹服马齐头进，两匹骖马如手形。

三郎在林中，众人举火照长空。

三郎马行逐渐慢，发箭稀少兽无踪。

打开箭筒收起箭，扎好弓袋命收兵。

"知人论世" 聊背景

《诗经》中在本首之前，另有《叔于田》一首，与本首同一母题，都是对于贵族武士的赞美。"苏氏曰：二诗皆曰叔于田，故加大以别之。"（朱熹《诗集传》）本诗是对一位贵族武士的赞美。诗中生动地描述了猎手在猎场上空手搏虎与驾马射箭的英姿，热烈奔放，如临其境。诗以一亲近之人随同观赏的口吻写出，更平添了一种逼真之感和动人力量。

清人

"抑扬顿挫" 读原文

清人在彭^①，驷介旁旁^②。

二矛重英③，河上乎翱翔④。

清人在消⑤，驷介麃麃⑥。
二矛重乔⑦，河上乎逍遥。

清人在轴⑧，驷介陶陶⑨。
左旋右抽⑩，中军作好⑪。

"字斟句酌" 查注释

①清：郑国邑名，在今河南中牟县西，可能是高克的封地。清人：指高克所率领的清邑士兵。彭：郑国地名，在黄河岸边。

②驷（sì）：一车驾四马。介：甲。此指马的护甲。旁旁：强壮有力貌。

③二矛：战车上装两支矛，一支参战，另一支备用。英：毛制的缨络。重英：两层缨络。

④翱翔：指兵士们驾着战车遨游。

⑤消：郑国地名，在黄河岸边。

⑥麃（biāo）麃：威武貌。

⑦乔：借为"鷮（jiāo）"，长尾野鸡。这里指鷮羽做的矛缨。

⑧轴：郑国地名，在黄河岸边。

⑨陶（yáo）陶：自由驱驰貌。

⑩左旋右抽：身体向左旋转，右手抽出刀剑。形容练习击刺之状。

⑪中军：军中。作好：表演漂亮。

"古文今解" 看译文

清邑军队守在彭，驷马披甲矫健行。
两矛缨络迎风卷，河边驾车多欢畅。

清邑军队守在消，驷马披甲兴致高。

两矛雉羽迎风动，河边驾车真逍遥。

清邑军队守在轴，驷马披甲来遨游。
左转身体右抽剑，军士表演姿态好。

"知人论世" 聊背景

　　这是一首讽刺性的军旅诗。郑文公讨厌贪财好利的大夫高克，便趁赤狄侵犯卫国的机会，把他派往黄河边上率兵戍守。后狄兵退去，文公仍不调他回来。日子一久，军纪涣散，终至瓦解。高克怕文公治罪，逃往陈国。

女曰鸡鸣

女曰："鸡鸣①！"士曰："昧旦②。"

"子兴视夜③，明星有烂④！"

"将翱将翔⑤，弋凫与雁⑥。"

"弋言加之⑦，与子宜之⑧。

宜言饮酒⑨，与子偕老。

琴瑟在御⑩，莫不静好⑪。"

"知子之来之⑫，杂佩以赠之⑬。

知子之顺之，杂佩以问之⑭。

知子之好之⑮，杂佩以报之。"

"字斟句酌" 查注释

① 鸡鸣：鸡叫。

② 士：男子的美称。指那个女子的丈夫。昧：黑。旦：亮。昧旦：天色半
明未明。

③ 子：你。兴：起。视夜：观察夜色。

④ 明星：启明星，即金星，早晨众星隐去时出现在东方。有烂：灿烂。
"有"为语助词。

⑤ 翱、翔：鸟飞的样子。这里借以形容人的出游。

⑥ 弋（yì）：用生丝做绳，系在箭上来射鸟。凫（fú）：野鸭。

⑦ 言：语助词。下同。加之：射中它们。

⑧宜：烹调菜肴。

⑨宜言饮酒：意思是一面吃肴，一面饮酒。

⑩御：用，这里是弹奏的意思。琴瑟合奏，借喻夫妇和美。

⑪静好：安静和乐。

⑫子：指妻子。来：通"赉（lài）"，慰勉。

⑬杂佩：身上佩戴的珠玉等多类饰物。

⑭问：赠送。

⑮好：喜爱。

 "古文今解"看译文

妻子说："公鸡叫了！"丈夫说："天色还暗。"

"你快起来看一看，启明星儿亮晶晶！"

"我就出去转一遭，去射野鸭和大雁。"

"射点野鸟做美餐，我来烹饪味道鲜。

就着共饮知心酒，和你白头到百年。
你弹琴来我鼓瑟，夫妻和好乐陶陶。"

"知你对我意缠绵，我赠佩玉结良缘。
知你对我很眷恋，佩玉表我心一片。
知你对我情义专，我献佩玉报天仙。"

 **"知人论世"聊背景**

    诗写天将破晓时一对新婚夫妇间的枕边对话，表现出他们的和乐美好与相爱之深。诗中所用的联句形式，在后世有很大影响。

齐风

　　《齐风》是齐国地方民歌。齐国在今山东省东北部和中部，在春秋时期是一个人口众多、工商发达的大国。

鸡鸣

"抑扬顿挫"读原文

　　"鸡既鸣矣，朝既盈矣①！"
　　"匪鸡则鸣②，苍蝇之声。"

　　"东方明矣，朝既昌矣③！"
　　"匪东方则明，月出之光。"

　　"虫飞薨薨④，甘与子同梦⑤！"
　　"会且归矣⑥，无庶予子憎⑦！"

"字斟句酌"查注释

①朝：早晨。盈：满，指晨光。
②则：之，的。下章"匪东方则明"的"则"同此。

③昌:《说文》:"昌,日光也。"

④薨（hōng）薨:犹轰轰,嗡嗡,虫子群飞声。这是天亮的景象。

⑤甘:乐,愿。同梦:同睡。

⑥会:适值,已该。且:将。

⑦无庶予子憎:希望你不要恨我。"无庶"当作"庶无",传写之误。庶,希望。

 "古文今解" 看译文

"你听公鸡在打鸣,晨光已经上天空!"
"不是公鸡在打鸣,是那苍蝇飞舞声。"

"你瞧东方已发亮,一会儿就要出太阳!"
"不是东方已发亮,是那残月放白光。"

"飞虫嗡嗡不要管，与你同睡最香甜！"

"现在已经该回去，请你对我别厌烦！"

"知人论世" 聊背景

这是一首情人幽会的诗。而一般则解为劝促早朝之作，关键乃在对"朝""会"二字的误解。陆侃如、冯沅君《中国诗史》为做辨正，指明："此诗所写，乃是幽会将终，男女二人临别时的对话。"

东方之日

"抑扬顿挫" 读原文

东方之日兮，彼姝者子①，在我室兮。

在我室兮，履我即兮②。

东方之月兮，彼姝者子，在我闼兮③。

在我闼兮，履我发兮④。

"字斟句酌" 查注释

① 姝（shū）：貌美。子：指女子。

② 履：踩。即"膝"的借字。

③ 闼（tà）：夹室，寝门左右的小屋。此句言女子已入密室。一说闼为门内。

④ 发：指脚。

"古文今解" 看译文

一轮红日出东方，美丽姑娘正妙龄，悄悄来到我房中。
悄悄来到我房中，踩我膝盖表亲情。

一轮明月出东方，美丽姑娘正妙龄，悄悄来我密室中。
悄悄来我密室中，踩我脚丫动娇容。

"知人论世" 聊背景

这是一首情歌，其中写一对情人的私下幽会和深情亲昵之状。诗以"东方之日"比喻姑娘颜色的美盛，鲜活而有力。

东方未明

"抑扬顿挫" 读原文

东方未明，颠倒衣裳①。

颠之倒之，自公召之②。

东方未晞③，颠倒裳衣。

倒之颠之，自公令之。

折柳樊圃④，狂夫瞿瞿⑤。

不能辰夜⑥，不夙则莫⑦。

"字斟句酌" 查注释

① 衣：上衣。裳：下衣。

② 自：从。公：王公贵族，官家。

③ 晞（xī）：破晓，太阳初升。

④ 樊：篱笆，这里用作动词，指编篱笆。圃：菜园。

⑤ 狂夫：指监工的人。瞿瞿：瞪眼怒视貌。

⑥ 不能辰夜：不能白天是白天、黑夜是黑夜的正常生活。辰，通"晨"，代指白天。

⑦ 夙（sù）：早。莫（mù）：古"暮"字。此句是说，不是早起就是晚睡。

"古文今解" 看译文

东方未明摸黑找，全把衣裳穿颠倒。

为何衣裳穿颠倒，只因官差催人早。

东方未明屋里暗，全把衣裳穿倒颠。
为何衣裳穿倒颠，只因官差命令严。

折柳编篱把活赶，狂暴监工怒瞪眼。
白天黑夜全打乱，不是早来就是晚。

"知人论世"聊背景

本诗是对官家强加的沉重徭役表示的怨愤。这些人每天起早摸黑地工作，十分劳累，同时还要忍受狂暴监工的蛮横责罚，简直令其无法忍受。

南山

"抑扬顿挫"读原文

南山崔崔[①]，雄狐绥绥[②]。
鲁道有荡[③]，齐子由归[④]。
既曰归止[⑤]，曷又怀止[⑥]？

葛屦五两[⑦]，冠緌双止[⑧]。
鲁道有荡，齐子庸止[⑨]。
既曰庸止。曷又从止[⑩]？

蓺麻如之何[⑪]？衡从其亩[⑫]。
取妻如之何[⑬]？必告父母。
既曰告止，曷又鞠止[⑭]？

析薪如之何[⑮]？匪斧不克[⑯]。
取妻如之何？匪媒不得。
既曰得止，曷又极止[⑰]？

"字斟句酌"查注释

①南山：齐国山名。崔崔：高大貌。

②雄狐：李湘《诗经研究新编》中写道，"从《毛传》《诗集传》以来，皆训狐为邪媚之兽。按，狐在古代实际为瑞应之象。《瑞应图》：'九尾狐者，六合一同则见。'《吕氏春秋》：'禹年三十未娶，行涂山，恐时暮失嗣。辞曰：吾之

娶，必有应也。乃有白狐九尾而造于禹。禹曰：白者，吾服也；九尾者，其证也。于是涂山人歌曰：绥绥白狐，九尾庞庞。成于家室，我都攸昌。于是娶涂山女。从这都可看出狐乃娶妻之象征。显然《南山》中'雄狐'，应是这神话观念的延续。"

③鲁道：去鲁国的大道。有荡：荡荡，平坦。

④齐子：齐国的女子，指文姜。由归：从这条大道出嫁。

⑤止：语气词。

⑥曷：何。怀：想念。

⑦葛屦（jù）：葛草编的鞋。五：通"伍"。五两：并排成双。

⑧绥（ruí）：帽带的下垂部分。左右各一，以便系结，故曰"双"。诗以葛鞋、帽穗成双比喻夫妻成对，不可以乱。

⑨庸：用，由。

⑩从：跟从。

⑪蓺（yì）：种植。

⑫衡从："横纵"。东西为横，南北为纵。

⑬取：通"娶"。

⑭鞠（jū）：通"鞠"。穷欲纵容之意。

⑮析薪：劈柴。古多以薪喻婚姻。

⑯匪：通"非"。克：能，成功。

⑰极：到。

 **"古文今解"看译文**

举目巍巍见南山，雄狐缓步有姻缘。
鲁国大道平荡荡，文姜由此嫁鲁桓。
既然已经嫁鲁桓，为何仍把旧情连？

葛鞋总是成对跟，帽穗总是成双存。
鲁国大道平荡荡，文姜由此嫁鲁君。
既然已经嫁鲁君，为何又续旧情亲？

种麻应该怎样种？田垄横直有一定。
妻子应该怎样娶？要告父母听命令。
先告父母娶到家，为何让她又放纵？

应该怎样劈木柴？不用斧头破不开。
应该怎样娶妻子？没有媒人得不来。
既靠媒人娶妻至，为何又到齐国待？

"知人论世" 聊背景

　　本诗讽刺齐襄公的淫乱无耻。据《左传·桓公十八年》记载，齐襄公与他的同父异母的妹妹文姜通奸，文姜嫁与鲁桓公，而仍与齐襄公关系不断。后鲁桓公与文姜同去齐国，发现了他们兄妹的奸情，斥责文姜。文姜告诉了襄公，襄公恼羞成怒，派力士彭生驾车，趁机把鲁桓公杀死在回去的路上。齐人对襄公的兽行极为愤慨，作此诗以讽刺之。

魏风

　　《魏风》是魏国地方民歌。魏国在今山西芮城东北，土地干，生产少，人民生活艰苦。

园有桃

 "抑扬顿挫"读原文

园有桃，其实之殽①。

心之忧矣，我歌且谣②。

不知我者，谓我士也骄③。

彼人是哉④？子曰何其⑤？

心之忧矣，其谁知之？

其谁知之，盖亦勿思⑥！

园有棘⑦，其实之食。

心之忧矣，聊以行国⑧。

不知我者，谓我士也罔极⑨。

彼人是哉？子曰何其？

心之忧矣，其谁知之？

其谁知之，盖亦勿思！

"字斟句酌"查注释

①之：犹"是"。殽：借为"肴"，烧好的菜，这里用作动词，吃的意思。

②歌、谣：有乐器伴奏的叫歌，无乐器伴奏的叫谣。这里泛指歌唱。

③士：古代普通官僚和知识分子的通称。骄：骄傲。

④彼人：指当权贵族。是：对，正确。

⑤子曰何其：你看那人说得对吗？其，语气词。

⑥盖（hé）：通"盍"，"何不"的合音。亦：语气词。

⑦棘：枣树。

⑧行国：行游于国中。以此舒泄忧愁。

⑨罔极：无常。

"古文今解"看译文

园中有桃，摘来可以当佳肴。

心中忧闷，短歌长咏仰天啸。

有人对我不了解，说我太过于骄傲。

难道他们说得对？你看如何才是好？

心中多烦恼，有谁能知道？

有谁能知道，何如不想全忘掉！

园中有枣，摘来将就能吃饱。

心中忧闷，周游园内暂逍遥。

有人对我不了解，说我先生违常道。

难道他们说得对？你看如何才是好？

心中多烦恼，有谁能知道？

有谁能知道，何如不想全忘掉！

"知人论世" 聊背景

　　本诗写一个落泊寒士忧政伤时，并感慨缺乏知已。"园有桃""园有棘"两章开头，意思似是以桃子、枣子的可以供人食，反兴自已有德才而无所用。而前人对此曾有不同的理解，郑玄《诗笺》说："魏君薄公税，省国用，不取於民，食园桃而已。"牟庭《诗切》说："园有桃，取其声也，喻国有逃亡之户也。"等，可供参酌。

陟岵

"抑扬顿挫" 读原文

陟彼岵兮①，瞻望父兮。

父曰：

"嗟，予子行役②，夙夜无已③。

上慎旃哉④，犹来无止⑤！"

陟彼屺兮⑥，瞻望母兮。
母曰：
"嗟，予季行役⑦，夙夜无寐⑧。
上慎旃哉，犹来无弃⑨！"

陟彼冈兮，瞻望兄兮。
兄曰：
"嗟，予弟行役，夙夜必偕⑩。
上慎旃哉，犹来无死！"

 "字斟句酌" 查注释
∙∙∙∙∙∙∙∙∙∙∙∙∙∙∙∙∙∙∙∙∙∙∙∙∙∙∙∙∙∙∙∙∙∙∙

① 陟（zhì）：登上。岵（hù）：有草木的山。
② 嗟：犹"唉"。
③ 夙（sù）：早晨。已：止。
④ 上：借为"尚"，表示希望。旃（zhān）：之、焉的合音，语助词。
⑤ 犹来：还是回来吧。止：指留在外地。
⑥ 屺（qǐ）：无草木的山。
⑦ 季：兄弟中排行第四或年龄最小的称季，这里指的是小儿子。
⑧ 寐：睡觉。
⑨ 弃：指弃家不归。
⑩ 偕：指与人偕同，无行动自由。

 **"古文今解" 看译文**
∙∙∙∙∙∙∙∙∙∙∙∙∙∙∙∙∙∙∙∙∙∙∙∙∙∙∙∙∙∙∙∙∙∙∙

登上青山放目望，遥遥望老父。
仿佛听到爹叮嘱：

"唉，我儿服役苦，日夜在忙碌。
谨慎行事早回转，别在他乡久耽误！"

登上高山念乡土，遥遥望老母。
仿佛听到娘嘱咐：
"唉，小儿差役苦，日夜睡不足。
谨慎行事早回转，别留他乡抛家属！"

登上山冈念家中，遥遥望长兄。
仿佛听到哥叮咛：
"唉，我弟在军营，日夜忙不停。
谨慎行事早回转，身体健壮要生还！"

 "知人论世" 聊背景

此为征人思家诗，而诗中却以想象展开对思家之情的描述，独出心

裁。诗共三段，"三段中但念父、母、兄之思己，而不言己之思父、母与兄。盖一说出，情便浅也。情到极深，每说不出"（沈德潜《说诗晬语》）。此说对后世影响深远。如白居易《江楼月》云："谁料江边怀我夜，正当池畔望君时。"与此诗同一机杼。

十亩之间

"抑扬顿挫" 读原文

十亩之间兮①，桑者闲闲兮②。
行与子还兮！

十亩之外兮，桑者泄泄兮③。
行与子逝兮④！

"字斟句酌" 查注释

① 十亩：举成数，不是确指。
② 桑者：采桑人，通常为女子。闲闲：从容不迫貌。
③ 泄（yì）泄：弛缓舒散貌。
④ 逝：往，回去。

"古文今解" 看译文

十亩桑林间，采桑姑娘已清闲。
走哇，咱们一道把家还！

十亩桑林外，采桑姑娘心轻快。

走哟，咱们一起朝家迈！

 "知人论世" 聊背景

　　此为采桑女子之歌。她们在田间辛勤地劳作，直到收工时才停下来，互相招呼，结伴回家。一种轻松愉快的气氛洋溢在诗行之间。

伐檀

 **"抑扬顿挫" 读原文**

　　　坎坎伐檀兮①，置之河之干兮②，河水清且涟猗③。
　　　不稼不穑④，胡取禾三百廛兮⑤？
　　　不狩不猎⑥，胡瞻尔庭有县貆兮⑦？

彼君子兮，不素餐兮[8]？

坎坎伐辐兮[9]，置之河之侧兮，河水清且直猗[10]。
不稼不穑，胡取禾三百亿兮[11]？
不狩不猎，胡瞻尔庭有县特兮[12]？
彼君子兮，不素食兮？

坎坎伐轮兮[13]，置之河之漘兮[14]，河水清且沦猗[15]。
不稼不穑，胡取禾三百囷兮[16]？
不狩不猎，胡瞻尔庭有县鹑兮[17]？
彼君子兮，不素飧兮[18]？

"字斟句酌" 查注释

① 坎坎：伐木声。檀：一种乔木名，可用于造车。

② 干：岸。

③ 涟：波纹。猗（yī）：语气词，犹"兮"。

④ 稼：耕作，耕种。穑（sè）：收获。

⑤ 胡：何，为什么。禾：百谷的通称。廛（chán）：借为"缠"。三百廛：即三百捆、三百束。"三百"言其多，不是确数。下二章"三百亿""三百囷"仿此。

⑥ 狩、猎：冬天打猎称狩，夜间打猎称猎。这里泛指打猎。

⑦ 庭：院子。县（xuán）：古"悬"字。貆（huán）：兽名，即獾（huān），一称猪獾。

⑧ 素餐：白吃饭。

⑨ 辐（fú）：辐条，车轮上连通中心与轮环的直木。伐辐：指砍伐制辐条的木材。下章"伐轮"仿此。

⑩ 直：直波。

⑪ 亿：借为"繶"，犹"缠"。

⑫ 特：四岁的兽，泛指大兽。

⑬ 轮：车轮。

⑭ 漘（chún）：水边。

⑮ 沦：波纹。《韩诗》："沦，文貌。"

⑯ 囷（qūn）：通"稇（kǔn）"，束。

⑰ 鹑（chún）：鸟名，今称鹌鹑。

⑱ 飧（sūn）：熟食。素飧：意思通"素餐""素食"。

"古文今解" 看译文

咚咚来把檀树砍，砍下木材放河边，河中流水荡清涟。

不见你来把田耕，为何收粮三百担？

不见你来把猎打，为何院内挂猪獾？

那位贵人公子们，难道不是白吃饭？

砍伐辐条咚咚响，砍下木材放河旁，河中流水直波长。

不见你来把田种，为何收粮三百筐？

不见你来把猎打，为何大兽挂庭堂？

那位贵人公子们，难道不是白吃粮？

伐木咚咚做车轮，砍下木材放河滨，河中流水波粼粼。

不见你来把田耕，为何收粮三百捆？

不见你来把猎打，为何院内挂鹌鹑？

那位贵人公子们，难道不是白赚人？

"知人论世" 聊背景

这是一首伐木者之歌。本诗以激昂的情绪表达了他们对于剥夺者的愤怒和嘲讽。这首诗最大的特点是用了一连串的排比句进行了反问，使诗具有一种不可抗御的力量。

硕鼠

"抑扬顿挫"读原文

硕鼠硕鼠^①，无食我黍！

三岁贯女^②，莫我肯顾^③。

逝将去女^④，适彼乐土^⑤。

乐土乐土，爰得我所^⑥！

硕鼠硕鼠，无食我麦！

三岁贯女，莫我肯德^⑦。

逝将去女，适彼乐国。

乐国乐国，爰得我直^⑧！

诗经这样读

硕鼠硕鼠，无食我苗！

三岁贯女，莫我肯劳⑨。

逝将去女，适彼乐郊。

乐郊乐郊，谁之永号⑩！

"字斟句酌" 查注释

①硕鼠：鼫（shí）鼠，又名田鼠，吃庄稼。一解为大老鼠。

②三岁：意思是多年。贯：借为"宦"，侍奉。女：通"汝"。

③莫我肯顾："莫肯顾我"的倒文，下面二章的"莫我肯德""莫我肯劳"皆仿此例。

④逝：通"誓"。去：离开。

⑤适：往。乐土：安居乐业之所，是诗人想象中的理想国。下面二章的"乐国""乐郊"同此。

⑥爰：乃，于是。所：处所，地方。

⑦德：感激恩德。

⑧直：通"值"，代价。

⑨劳：慰劳。

⑩之：语气词，犹"其"。永号：长声哀叫。

"古文今解" 看译文

老田鼠，老田鼠，别再偷吃我黄黍！

辛苦养你已多年，我的死活你不顾。

发誓从此离你去，到那远方寻乐土。

寻乐土，寻乐土，哪里才是我归属！

老田鼠，老田鼠，别再偷吃我麦棵！

多年辛苦将你养，对我一点不感恩。

108

发誓从此离你去，到那远方寻乐国。
寻乐国，寻乐国，我的价值才有托！

老田鼠，老田鼠，别再偷吃我青苗！
多年辛苦将你养，不肯将我来慰劳。
发誓从此离你去，到那远方寻乐郊。
寻乐郊，寻乐郊，谁在那里还长号！

"知人论世" 聊背景

　　这是一首讽刺诗，历来比较一致地认为是"刺重敛"的。诗中把重敛者比作田鼠，恰切而辛辣。但矛头的具体所指，则所见不同，有的说是"魏君"，有的说是"有司"，有的说是"履亩税"，今人则多泛指为"统治者""剥削者"了，用新名词避开了原来的问题。诗中的"乐土""乐国""乐郊"，不免都是乌托邦，但却使诗的现实批判力量明显增强。

唐风

《唐风》也称《晋风》，因为唐地有晋水，所以该地后来改称晋。唐地在今山西中部太原一带。

蟋蟀

"抑扬顿挫" 读原文

蟋蟀在堂①，岁聿其莫②。
今我不乐，日月其除③。
无已大康④，职思其居⑤。
好乐无荒⑥，良士瞿瞿⑦。

蟋蟀在堂，岁聿其逝⑧。
今我不乐，日月其迈⑨。
无已大康，职思其外⑩。
好乐无荒，良士蹶蹶⑪。

蟋蟀在堂，役车其休⑫。
今我不乐，日月其慆⑬。

无已大康，职思其忧^⑭。

好乐无荒，良士休休^⑮。

"字斟句酌" 查注释

① 蟋蟀在堂：表明天寒岁暮。《豳风·七月》："七月在野，八月在宇，九月在户，十月蟋蟀，入我床下。"其中的"在户"，即同本诗的"在堂"。周代建子，以十月为岁暮。

② 聿：通"曰"，语助词。莫：古"暮"字。其莫：意即将尽。

③ 日月：指时光。除：去。

④ 已：过甚。大：通"太"，泰也。康：安乐。

⑤ 职：尚，还要。居：指所处的职位。

⑥ 好：爱好。荒：过度。

⑦ 瞿（jù）瞿：惊顾貌。这里表示警惕之意。

⑧ 逝：过去。

⑨ 迈：行，逝去。

⑩ 外：职务以外的事。

⑪ 蹶（jué）蹶：敏捷貌。引申为勤奋。

⑫ 役车：服役之车。其休：将要休息。

⑬ 慆（tāo）：逝去。

⑭ 忧：忧患。《郑笺》："忧者，谓邻国侵伐之忧。"

⑮ 休休：安闲自得、乐而有节貌。

"古文今解" 看译文

蟋蟀进房中，转眼一年空。

我今不享乐，光阴去匆匆。

也别太安逸，职守要忠诚。

好乐别过度，贤士多警悟。

蟋蟀进房墙，转眼一年光。
我今不享乐，光阴去茫茫。
也别太安逸，公事多承当。
好乐莫过度，贤士奋图强。

蟋蟀进房间，归车便悠闲。
我今不享乐，光阴去不还。
也别太安逸，为国分艰难。
好乐别过度，贤士乐悠悠。

"知人论世" 聊背景

这是一首岁暮伤怀之作，其中表现出及时行乐和谨其职守的双重思想。姚际恒《诗经通论》云："乃士大夫之诗也。"作者给自己树立了"良士"的标准，要做到"好乐无荒""职思其居"。实际上是想做一个安分守己的"好官"而已。

山有枢

"抑扬顿挫"读原文

山有枢①，隰有榆②。
子有衣裳，弗曳弗娄③。
子有车马，弗驰弗驱④。
宛其死矣⑤，他人是愉⑥。

山有栲⑦，隰有杻⑧。
子有廷内⑨，弗洒弗埽⑩。
子有钟鼓，弗鼓弗考⑪。
宛其死矣，他人是保⑫。

山有漆⑬，隰有栗。
子有酒食，何不日鼓瑟？
且以喜乐，且以永日⑭。
宛其死矣，他人入室。

"字斟句酌"查注释

① 枢（shū）：刺榆，榆树的一种。
② 隰（xí）：低洼之地。
③ 弗：不。曳（yè）：拖。娄：借为"搂"，拢起。曳、搂皆为穿衣动作。
④ 驰、驱：皆为车马急走。
⑤ 宛：通"菀"，枯萎，死。
⑥ 愉：快乐，享受。

⑦栲（kǎo）：树名，臭椿。

⑧杻（niǔ）：树名，檍树。

⑨廷：通"庭"，院子。内：指堂室。

⑩埽（sǎo）：通"扫"，打扫。

⑪考：敲击。

⑫保：占有。

⑬漆：漆树。

⑭永日：延长时光。朱熹《诗集传》："人多忧，则觉日短，饮食作乐，可以永长此日也。"

 **"古文今解"看译文**

山上刺榆繁，洼地白杨联。

你有衣和裳，总也不去穿。

你有车和马，总也不去玩。

一旦眼一闭，别人笑开颜。

山上栲树老，洼地檍树小。

你有院和屋，不洒也不扫。

你有钟和鼓，不打也不敲。

一旦眼一闭，全被别人捞。

山上漆树鲜，洼地栗树弯。

你有酒和菜，何不奏乐餐？

姑且寻欢乐，益寿又延年。

一旦眼一闭，别人进房间。

"知人论世" 聊背景

本诗是对守财奴的讽刺。从诗中看，这人衣裳、车马、庭院、钟鼓、酒食、琴瑟无所不有，颇为富足，只是一点也舍不得享用，因而大受嘲讽。一说本诗是一个富家妇女劝丈夫及时行乐。

扬之水

"抑扬顿挫" 读原文

扬之水①，白石凿凿②。
素衣朱襮③，从子于沃④。
既见君子⑤，云何不乐！

扬之水，白石皓皓⑥。
素衣朱绣⑦，从子于鹄⑧。
既见君子，云何其忧！

扬之水，白石粼粼⑨。
我闻有命，不敢以告人⑩！

"字斟句酌" 查注释

① 扬：激扬。

② 凿凿：鲜明貌。

③ 素衣：白绸衣。朱襮（bó）：红色的绣花衣领。

④ 子：你，指桓叔。沃：曲沃，晋国大邑。

⑤ 君子：指桓叔。

⑥ 皓皓：洁白貌。

⑦ 绣：绣花的衣领。

⑧ 鹄（hú）：地名，隶属曲沃。

⑨ 粼粼：清澈貌。

⑩ 不敢以告人：意思是为桓叔保密。朱熹《诗集传》："桓叔将以倾晋而民为之隐，盖欲其成矣。"

"古文今解" 看译文

激扬河中水，白石露鲜明。
白衣红绣领，投您到沃城。
得把桓叔见，怎不心喜欢！

激扬河中水，白石露晶莹。
白衣红绣领，投您到鹄城。

得把桓叔见，愁云一风清！

激扬河中水，白石光粼粼。
听闻有密令，不敢告别人！

"知人论世" 聊背景

这是一首表现晋国政治派系矛盾的诗。据《史记·晋世家》记载，晋昭侯元年（前745），昭侯封其叔父成师于曲沃，号为桓叔，势力渐渐强大，晋人多愿归附。昭侯七年，桓叔在晋廷的内应、大夫潘父杀昭侯，迎立桓叔。桓叔欲入晋，被晋人发兵击败，退回曲沃。看来作者是个脱离昭侯而投奔桓叔的人，诗中表现了他对桓叔的拥戴。一说作者为忠于昭侯的知情者，他巧妙地以诗告密，揭发政变阴谋。

秦风

《秦风》是秦国地方民歌。秦原来占据甘肃天水一带，后来扩大到陕西地区及甘肃东部。

车邻

 "抑扬顿挫" 读原文

有车邻邻①，有马白颠②。
未见君子③，寺人之令④。

阪有漆⑤，隰有栗⑥。
既见君子，并坐鼓瑟⑦。
今者不乐，逝者其耋⑧！

阪有桑，隰有杨。
既见君子，并坐鼓簧⑨。
今者不乐，逝者其亡！

"字斟句酌"　查注释

① 邻邻：车行声。

② 白颠：白额，马额正中有块白毛。颠，顶。

③ 君子：指其丈夫。

④ 寺人：官名。寺，通"侍"，寺人即侍候王公贵人的人。寺人之令：命令寺人，意即命寺人去通禀其丈夫。之，是。

⑤ 阪（bǎn）：山坡。漆：树名。

⑥ 隰（xí）：低湿之地。以上二句是《诗经》中常见的表示情爱的起兴用语。

⑦ 鼓：弹奏。

⑧ 逝者：将来。俞樾《群经平议》："逝者对今者言，今者谓此日，逝者谓他日也。逝，往也，谓过此以往也。"耋（dié）：八十岁曰耋，泛指老。

⑨ 簧：古乐器名。

"古文今解"　看译文

大车传来辚辚声，白额骏马响銮铃。
尚未见到夫君面，打发侍者去接迎。

山坡漆树生，洼地栗子红。
欣然又见夫君面，同坐弹瑟喜融融。
今不及时来行乐，将来很快变老翁！

山坡桑叶浓，洼地杨柳青。
欣然又见夫君面，并坐一起奏簧笙。
今不及时来行乐，转眼一死万事空！

"知人论世"聊背景

　　这是一位贵族妇女咏唱其夫妻生活的诗。及时行乐是其思想主旨。从《诗经》中看，这也是上层社会中相当流行的价值观念。一说此诗意是赞美在秦国历史上有开创之功的大夫秦仲。

驷骥

"抑扬顿挫"读原文

驷骥孔阜①，六辔在手②。
公之媚子③，从公于狩④。

奉时辰牡⑤，辰牡孔硕⑥。

公曰左之⑦，舍拔则获⑧。

游于北园，四马既闲⑨。

辑车鸾镳⑩，载猃歇骄⑪。

"字斟句酌" 查注释

① 驷:《说文》引作"四"。骥（tiě）：赤黑如铁的马。孔：甚。阜：肥大。

② 辔（pèi）：马缰绳。六辔：周代车，中间的两匹服马各一辔，外面的两匹骖马各二辔，四马共六辔。

③ 公：指秦君。大概是秦襄公，他曾助周平王迁都洛阳，被封为诸侯，使秦国日渐强大。媚子：宠爱的人。

④ 狩（shòu）：冬猎，泛指打猎。

⑤ 奉：借为"逢"，遇也。时：是，这个。辰：借为"麎（chén）"，大鹿。辰牡：大公鹿。

⑥ 硕：大。

⑦ 左之：向左去。命令车夫的话。

⑧ 舍：放。拔：箭的尾部。舍拔：即放箭。

⑨ 闲：通"娴"，熟练。

⑩ 辑（yóu）车：轻车。鸾：通"銮"，车铃。镳（biāo）：马衔，马嚼子。铃挂镳上，故曰鸾镳。

⑪ 猃（xiǎn）：长嘴的猎狗。歇骄：亦作"猲骄"，短嘴的猎狗。此句是说把猎狗载在车上，让它休息。

"古文今解" 看译文

四匹黑马高又壮，六根缰绳手中抄。

公侯宠人随车上，一同打猎去荒郊。

恰逢公鹿出平沙，公鹿个头真可夸。

公侯喝令向左去，利箭一发便射杀。

猎罢闲游北园中，四马轻松缓缓行。

轻车扬镳銮铃响，猎狗登车放轻松。

 "知人论世" 聊背景

这是一首描写秦君狩猎盛况的诗。秦本为附庸，后幽王被犬戎所杀，秦君助平王迁都洛阳，被封为诸侯，即秦襄公，遂领有周西都畿内岐、丰八百里之地，从此有了田猎之事，并逐渐形成尚武之风。本诗对秦襄公的田猎表现大加颂扬。

小戎

小戎俴收①，五楘梁辀②。

游环胁驱③，阴靷鋈续④。

文茵畅毂⑤，驾我骐馵⑥。

言念君子⑦，温其如玉。

在其板屋⑧，乱我心曲⑨。

四牡孔阜⑩，六辔在手。

骐駵是中⑪，骊骊是骖⑫。

龙盾之合⑬，鋈以觼軜⑭。

言念君子，温其在邑⑮。

方何为期⑯？胡然我念之？

俴驷孔群⑰，厹矛鋈錞⑱。

蒙伐有苑⑲，虎韔镂膺⑳。

交韔二弓㉑，竹闭绲縢㉒。

言念君子，载寝载兴㉓。

厌厌良人㉔，秩秩德音㉕。

①小戎：一种轻小兵车。俴（jiàn）：浅。收：轸，车后横木。车后横木低，则车厢较浅。

②五楘（mù）：五个箍。梁辀（zhōu）：车辕。周代马车一根辕，曲如房梁，故称梁。上面加箍，是为了防止折裂。

③游环：活动的小环，结在中间服马的颈套上，用以控制两旁骖马的外辔。胁驱：挽具名，装在马胁两边的皮扣，连在拉车的皮带上，以防骖马内靠。

④阴：车轼前的横板。鞙（yǐn）：引车前进的皮带。鋈（wù）续：白铜环。鋈即白铜。鞙端做环相接，谓之续。

⑤文茵：有花纹的虎皮褥垫。畅毂（gǔ）：长长的车轴。车轴伸在两轮外的部分叫毂。

⑥骐：有青黑花纹的马。馵（zhù）：白脚的马。

⑦君子：指从军的丈夫。

⑧板屋：陇西一带，山多林木，民俗以木板盖房。此处以板屋代指西戎。

⑨心曲：心窝。

⑩孔：甚。阜：肥大。

⑪骝（liú）：赤色黑鬣（liè）的马。中：中间的两马，也称服。

⑫䯄（guā）：黑嘴的黄马。骊（lí）：黑色的马。骖（cān）：服马外边的两马。

⑬龙盾：画龙的盾牌。合：扣合一处。

⑭觼（jué）：有舌的环。軜（nà）：骏马内侧的辔。

⑮在邑：在西戎之邑。

⑯方：将。

⑰俴驷：身披薄甲的四马。孔群：很协调。

⑱厹（qiú）矛：酋矛，矛头三棱形。鋈錞（duì）：矛柄下端的白铜套子。

⑲蒙：杂乱。伐：盾。苑（yūn）：花纹。

⑳虎韔（chàng）：虎皮弓袋。镂膺：正面雕有花纹。膺，即胸，指弓袋的正面。

㉑交韔二弓：两弓互相颠倒装于袋中。韔在这里做动词用，装的意思。

㉒闭：借为"柲（bì）"，校正弓弩的器具。绲（gǔn）：绳。縢（téng）：捆。

㉓载：再，又。兴：起。

㉔厌厌：安和貌。良人：指其丈夫。

㉕秩秩：有序貌，指有礼节。德音：好声誉。

"古文今解" 看译文

　　轻型战车浅车厢，五条皮箍车辕装。
　　游环皮扣齐配备，皮带铜圈甚堂皇。
　　虎皮坐垫车轴阔，黑鬣白蹄骏马强。
　　天天思念夫君好，温和如玉有晶光。
　　远征西戎板屋住，使我心中乱又慌。

　　四匹公马壮有神，六条马缰垂纷纭。
　　青红骏马中间驾，黄黑骏马两边分。
　　画龙盾牌双合并，铜环丝辔光如新。
　　日日都把郎君想，从军戎地性温存。
　　何时才是归来日？怎不叫我念情亲？

　　甲马四匹同向前，酋矛白铜套柄端。
　　坚固盾牌纹饰美，虎皮弓袋雕花连。
　　两弓颠倒袋中放，正弓竹柲用绳拴。
　　时时常把郎君念，难睡易醒心不安。
　　安静温和夫君好，彬彬有礼美名传。

 "知人论世" 聊背景

　　这是一首征人之妇思怨诗。秦襄公十二年（前766），征伐西戎，一士兵随军前往，其妻思之而作此诗。《汉书·地理志》云："安定、北地、上郡、西河，皆迫近戎狄，修习战备，高上气力，以射猎为先。故秦诗曰：'其在板屋'；又曰：'王于兴师，修我甲兵，与子偕行。'"本诗正突出表现了秦风尚武的特点。

蒹葭

"抑扬顿挫"读原文

蒹葭苍苍^①，白露为霜。
所谓伊人^②，在水一方^③。
溯洄从之^④，道阻且长^⑤。
溯游从之^⑥，宛在水中央^⑦。

蒹葭凄凄^⑧，白露未晞^⑨。
所谓伊人，在水之湄^⑩。
溯洄从之，道阻且跻^⑪。
溯游从之，宛在水中坻^⑫。

蒹葭采采⑬，白露未已。

所谓伊人，在水之涘⑭。

溯洄从之，道阻且右⑮。

溯游从之，宛在水中沚⑯。

 "字斟句酌"查注释

① 蒹葭（jiān jiā）：芦苇。苍苍：青色。一说茂盛貌。

② 伊人：犹"彼人"，指意中所念之人。

③ 一方：指另一边。

④ 溯洄：逆水而上。对照下文"道阻且长""道阻且跻"等，可知是在陆上傍水逆流而行。

⑤ 阻：险阻。

⑥ 溯游：逆水而上。但不是陆行，而是水行。

⑦ 宛：可见貌，犹言"仿佛是"。

⑧ 凄凄：借为"萋萋"，茂盛貌。

⑨ 晞（xī）：干。

⑩ 湄（méi）：水草交接处，即岸边。

⑪ 跻（jī）：升高。

⑫ 坻（chí）：水中高地。

⑬ 采采：众多貌。

⑭ 涘（sì）：水边。

⑮ 右：迂回弯曲。

⑯ 沚（zhǐ）：水中的沙滩，比坻略大。

 "古文今解"看译文

芦苇青苍苍，白露结成霜。

佳人所在远，河水那一方。

溯流陆路把她找，道路艰险好漫长。

溯流泅水把河渡，仿佛她在水中央。

芦苇绿油油，朝露尚残留。

佳人所在远，河水那一头。

溯流陆路把她找，艰险坎坷令人愁。

溯流泅水把河渡，仿佛她在水中洲。

芦苇碧连连，朝露尚未干。

佳人所在远，河水那一边。

溯流陆路把她找，艰险弯曲步行难。

溯流泅水把河渡，仿佛她在水中洲。

"知人论世" 聊背景

　　此诗立意，古人多以为是求贤招隐，今人多以为是男女求爱。揣测"溯洄""溯游"等词，似觉后者更为圆通。起首二句，诗意沛然。清人牛运震说："只两句写得秋光满目，抵一篇悲秋赋。《国风》第一篇缥缈文字！极缠绵，极惝恍，纯是情，不是景，纯是窈远，不是悲壮。感慨情深，在悲秋怀人之外，可思不可言。萧疏旷远，情趣纯佳。《序》以为刺襄公不用周礼，失其义矣。"（《诗志》）

陈风

《陈风》是陈地民歌。陈地在今河南省淮阳、柘城县及安徽省亳州一带。

宛丘

"抑扬顿挫" 读原文

子之汤兮①，宛丘之上兮②。
洵有情兮③，而无望兮④。

坎其击鼓⑤，宛丘之下。
无冬无夏，值其鹭羽⑥。

坎其击缶⑦，宛丘之道。
无冬无夏，值其鹭翿⑧。

"字斟句酌" 查注释

① 子：指巫女。汤（dàng）：通"荡"，摇摆，形容舞姿。
② 宛丘：丘名，在陈国都城（今河南淮阳）东南，陈人游览之地。

③洵：真，确实。
④望：指结好的希望。
⑤坎其："坎坎"，象声词。
⑥值：持，或戴。鹭羽：用鹭鸶羽毛制成的舞具，扇形或伞状，可持手中或戴头上。
⑦缶（fǒu）：瓦盆，用为乐器。
⑧鹭翿（dào）：即鹭羽。

 **"古文今解" 看译文**

你的舞步荡如风，宛丘高地展姿容。
心中对她很爱慕，想要通好却不能。

敲起皮鼓咚咚响，表演宛丘高地旁。
不论严冬与炎夏，手挥鹭羽舞徜徉。

敲起瓦盆响叮咚，表演宛丘道路中。
不论严冬与盛夏，手挥鹭羽舞不停。

 **"知人论世" 聊背景**

本诗所写的是一个男子对一个巫女的爱慕。《汉书·地理志》中说："周武王封舜后妫满于陈，是为胡公，妻以元女大姬。妇人尊贵，好祭祀，用史巫，故其俗巫鬼。《陈诗》曰：坎其击鼓，宛丘之下，亡冬亡夏，值其鹭羽。又曰：东门之枌，宛丘之栩，子仲之子，婆娑其下。此其风也。"本诗之"子""无冬无夏"，常年跳舞，说明她是一个以降神为业的专职舞女。诗中鲜明地表现出陈国的好巫遗风。

东门之枌

"抑扬顿挫" 读原文

东门之枌①，宛丘之栩②。
子仲之子③，婆娑其下④。

穀旦于差⑤，南方之原⑥。
不绩其麻，市也婆娑。

穀旦于逝⑦，越以鬷迈⑧。
视尔如荍⑨，贻我握椒⑩。

"字斟句酌" 查注释

① 枌（fén）：白榆树。

② 栩（xǔ）：柞树。

③ 子仲之子：子仲氏的女儿。

④ 婆娑（suō）：舞貌。

⑤ 穀（gǔ）旦：吉日，好日子。穀，善，吉。于：语助词。差（chāi）：选择。

⑥ 原：高平之地。

⑦ 逝：往。

⑧ 越以：发语词，犹 "于以"。翪（zōng）：多次，屡次。迈：行。

⑨ 荍（qiáo）：植物名，又名锦葵，花色淡紫。

⑩ 贻：送。握：一把。椒：花椒，果实芳香。"椒"谐 "交"音，赠送花椒是结好的表示。

 "古文今解" 看译文

东门白榆参天，宛丘柞树相连。
子仲家好女儿，树下舞姿翩翩。

选定吉日好天，同到南面平川。
撂下纺麻活计，热情歌舞一番。

良辰吉日轻风，屡次结伴同行。
你如锦葵俊美，花椒赠我手中。

 "知人论世" 聊背景

诗写青年男女欢会歌舞、互表情爱的情景。诗虽短，但却表现了丰富的内容。诗中三章，地点三换：一在东门，一在南原，一在途中。诗

诗经这样读

中写了宛丘的绿树，姑娘的舞姿，双方的约会，闹市的共舞，途中的同行，深情的夸赞，美好的赠礼，一一如在眼前。同时，也反映出陈国的巫风之盛。

衡门

"抑扬顿挫"读原文

衡门之下 ①，可以栖迟 ②。
泌之洋洋 ③，可以乐饥 ④。

岂其食鱼，必河之鲂 ⑤？
岂其取妻 ⑥，必齐之姜 ⑦？

岂其食鱼，必河之鲤？
岂其取妻，必宋之子^⑧？

"字斟句酌" 查注释

① 衡：通"横"。衡门：横木为门，言房屋简陋。
② 栖迟：栖息，盘桓。
③ 泌（bì）：指陈国泌丘的泉水。洋洋：水流盛大貌。
④ 乐：通"疗"，疗，治疗。乐饥：充饥。
⑤ 河：黄河。鲂（fáng）：鱼名，即鳊（biān）鱼。黄河鲂鱼十分名贵。
⑥ 取：通"娶"。
⑦ 齐之姜：齐国的贵族女子。齐君姜姓，其族女子称齐姜，以美著名。
⑧ 宋之子：宋国的贵族女子。宋君子姓，其族女子称宋子，亦著美名。

"古文今解" 看译文

横木为门低低，小屋也能安息。
泌丘泉流荡荡，清水也能充饥。

难道人们吃鱼，必是黄河肥鲂？
难道要娶妻子，必是美女齐姜？

难道人们吃鱼，必是黄河肥鲤？
难道男人娶妻，必是美女宋子？

"知人论世" 聊背景

　　一个男子爱上了一位"小家碧玉"，觉得她比"大家闺秀"更可心，遂作此诗自乐。"乐饥""食鱼"，是《诗经》中常用的得遂情欲的象征。

月出

 **"抑扬顿挫" 读原文**

月出皎兮①，佼人僚兮②。
舒窈纠兮③，劳心悄兮④。

月出皓兮⑤，佼人懰兮⑥。
舒忧受兮⑦，劳心慅兮⑧。

月出照兮，佼人燎兮⑨。
舒夭绍兮⑩，劳心惨兮⑪。

"字斟句酌" 查注释

① 皎：洁白光明。

② 佼（jiǎo）：通"姣"，娇美。僚（liáo）：通"嫽"，美好。

③ 舒：轻缓。窈纠（yǎo jiǎo）：苗条柔美貌。

④ 劳心：忧心。悄：忧愁貌。

⑤ 皓：光明洁白。

⑥ 懰（liǔ）：妩媚。

⑦ 懮（yǒu）受：轻盈多姿貌。

⑧ 慅（cǎo）：忧虑不安貌。

⑨ 燎：明媚。

⑩ 夭绍：姿容柔婉貌。

⑪ 惨（cǎo）：通"懆"，烦躁不安貌。

"古文今解" 看译文

月儿出来亮皎皎，佳人姿容多美妙。
线条柔婉又轻盈，思慕使我心烦恼。

月儿出来亮晶晶，佳人如玉立亭亭。
体态轻柔身婀娜，思慕使我心不宁。

月儿出来光灿灿，佳人姿容真耐看。
身段苗条姿态美，思慕使我心不安。

"知人论世" 聊背景

　　这是一首月下怀人诗。由此诗可知，人们在很早的时候，就已发现了月光的魅力，它能将一个俏丽的美人映照得更加风姿绰约，形态缥缈。

137

不过，这美人并不是主人公所亲见，而纯是由月出而引起的对美人的思慕和想象，因而更觉幽艳空灵。

株林

 **"抑扬顿挫" 读原文**

胡为乎株林①？从夏南②！
匪适株林③，从夏南！

驾我乘马④，说于株野⑤。
乘我乘驹⑥，朝食于株⑦！

"字斟句酌" 查注释

① 株：陈国邑名，在今河南西华县西南，是夏征舒的封邑。林：郊外。

② 从：追随。夏南：夏征舒，字子南，故简称夏南。从夏南：是委婉的讽刺说法。

③ 匪：非，不是。适：往。

④ 我：诗人代拟陈灵公等人的口吻。乘（shèng）马：车马。一车四马为一乘。

⑤ 说（shuì）：停车休息。

⑥ 乘：前一"乘"字读 chéng，动词；后一"乘"字读 shèng，名词。驹：少壮的骏马。

⑦ 朝食：早晨吃饭。

"古文今解" 看译文

为何他到株郊转？大概要找夏南玩？

其实他到株郊去，根本不是找夏南！

驾我车马喜扬鞭，去到株野度悠闲。
驾我车马株郊宿，就在那里用早餐。

"知人论世"聊背景

　　这是一首讽刺陈灵公等人与夏姬淫乱的诗。据《左传》《史记》载，陈国大夫夏御叔娶郑穆公之女夏姬为妻，生子夏征舒，字子南。夏姬貌美，陈灵公及大夫孔宁、仪行父皆与之私通，故有此诗为刺。后来夏征舒杀死陈灵公、孔宁、仪行父逃往楚国，陈国被楚所灭，夏姬又辗转依从他人。

泽陂

"抑扬顿挫"读原文

彼泽之陂①，有蒲与荷②。
有美一人，伤如之何③！
寤寐无为④，涕泗滂沱⑤。

彼泽之陂，有蒲与蕳⑥。
有美一人，硕大且卷⑦。
寤寐无为，中心悁悁⑧。

彼泽之陂，有蒲菡萏⑨。
有美一人，硕大且俨⑩。
寤寐无为，辗转伏枕。

"字斟句酌" 查注释

① 泽：池塘。陂（bēi）：堤岸。
② 蒲：蒲草。荷：荷花。
③ 伤：借为"阳"，《鲁诗》《韩诗》皆作"阳"。阳，我，女子的第一人称代词，与"姎""卬"通用。由此可知，诗的主人公是一名女子。
④ 寤寐：睡醒与睡着。无为：无法可想。
⑤ 涕：眼泪。泗：鼻涕。滂沱（pāng tuó）：本以形容大雨，这里夸张形容涕泗。
⑥ 简（jiān）：《郑笺》："简，当作莲。"
⑦ 卷（quán）：通"婘"，美好貌。
⑧ 悁（yuān）悁：忧闷貌。
⑨ 菡萏（hàn dàn）：荷花。
⑩ 俨（yǎn）：端庄貌。

"古文今解" 看译文

一片池塘堤岸长，蒲草茂盛荷花香。
岸边有位美男子，我心爱他无良方！
日思夜想没法办，不觉涕泪一行行。

一片池塘堤岸弯，蒲草茂盛荷花鲜。
岸边有位美男子，身材高大又壮观。
日思夜想没法办，只觉心中太忧烦。

一片池塘堤岸平，蒲草茂盛荷花红。
岸边有位美男子，身材高大好仪容。
日思夜想没法办，翻来覆去难成眠。

 "知人论世"聊背景

　　诗写一位女子的怀人之情。她在一片荷花盛开的地方，见到一个帅小伙，遂生爱慕之心。她想他想得涕泪成行，想得心烦意乱，想得辗转难眠，让人读了也跟着大感不安。

桧风

《桧风》是桧地民歌。桧地在今河南省郑州、新郑、荥阳、密县一带。

隰有苌楚

"抑扬顿挫" 读原文

隰有苌楚①，猗傩其枝②。
夭之沃沃③，乐子之无知④！

隰有苌楚，猗傩其华⑤。
夭之沃沃，乐子之无家⑥！

隰有苌楚，猗傩其实。
夭之沃沃，乐子之无室！

"字斟句酌" 查注释

①隰（xí）：低湿的地方。苌（cháng）楚：植物名，又名羊桃，猕猴桃。蔓生，实如小桃，可食。

②猗傩（ē nuó）：通"婀娜"，柔美貌，美盛貌。

③夭：茁壮，嫩美貌。之：犹"兮"，语气词。沃沃：旺盛润泽貌。

④乐：喜欢。这里有羡慕之意。子：你，此指羊桃。此句自叹不如羊桃的没有感情和知觉。

⑤华：古"花"字。

⑥无家：指无妻、子等的牵累。下章"无室"义同。

"古文今解" 看译文

低洼地里羊桃生，枝叶婀娜对春风。
茁壮嫩美光泽好，看你无知多轻松！

低洼地里羊桃荫，花朵娇妍占阳春。
茁壮嫩美光泽好，看你无家多省心！

低洼地里长羊桃，果实丰盛挂蔓条。
茁壮嫩美光泽好，看你无家多逍遥！

"知人论世" 聊背景

这是一首乱世哀歌。方玉润《诗经原始》说："此必桧破民逃，自公族子姓以及小民之有室有家者，莫不扶老携幼，挈妻抱子，相与号泣路歧，故有家不如无家之好，有知不如无知之安也。而公族子姓之为室家累者则尤甚。"

匪风

"抑扬顿挫" 读原文

匪风发兮①，匪车偈兮②。
顾瞻周道③，中心怛兮④！

匪风飘兮⑤，匪车嘌兮⑥。
顾瞻周道，中心吊兮⑦！

谁能亨鱼⑧，溉之釜鬵⑨。
谁将西归，怀之好音⑩。

"字斟句酌" 查注释

① 匪：通"彼"，那个。发：犹"发发"，风声。
② 偈（jié）：犹"偈偈"，疾驰貌。
③ 顾：回头看，这里泛指看。周道：大道。
④ 怛（dá）：忧伤。
⑤ 飘：飘风，本指旋风，这里形容风的迅疾与旋转。

⑥嘌（piāo）：轻疾貌。

⑦吊：悲伤。

⑧谁：指主人公所怀念的人。亨（pēng）："烹"的本字，即煮。

⑨溉：洗。釜（fǔ）：锅。鬵（xín）：大锅。

⑩好音：好音信，指征人将要归来的消息。

 "古文今解" 看译文

风儿呼呼吹，车子快如飞。
放眼望大路，心中好伤悲！

风势旋又狂，车子奔驰忙。
放眼望大路，心中好悲凉！

他能把鱼烹，我来把锅清。
他将自西返，好信乐心中。

146

"知人论世" 聊背景

　　这是一首征人之妇怀念征夫的诗。篇首以风起兴，含有怀人之意。诗的末章说，她的丈夫很会烹鱼，她则预先把锅洗好；丈夫即将自西方回返，她心里期盼着这一时刻及早到来。诗中充满深厚而急切的真情，让人不禁深受感动。

曹风

《曹风》是曹地民歌。曹地在今山东省西南部菏泽、定陶、曹县一带。

下泉

 "抑扬顿挫" 读原文

洌彼下泉①，浸彼苞稂②。
忾我寤叹③，念彼周京④。

洌彼下泉，浸彼苞萧⑤。
忾我寤叹，念彼京周。

洌彼下泉，浸彼苞蓍⑥。
忾我寤叹，念彼京师。

芃芃黍苗⑦，阴雨膏之⑧。
四国有王⑨，郇伯劳之⑩。

"字斟句酌" 查注释

① 冽（liè）：寒冷。下泉：下流的泉水。
② 苞：丛生。稂（láng）：草名，又名狼尾草。
③ 忾（xì）：叹息声。寤：睡醒。
④ 周京：指西周国都镐（hào）京。下文"京周""京师"所指同此。
⑤ 萧：蒿草。
⑥ 蓍（shī）：草名。
⑦ 芃（péng）芃：茂盛貌。
⑧ 膏：滋润。
⑨ 四国：四方诸侯之国。王：指周王。
⑩ 郇（xún）伯：文王之子，为州伯，有治诸侯之功。劳：安抚、慰劳。

"古文今解" 看译文

寒冷山泉流不停，浸冻稂草难为生。
梦中醒来长感叹，追怀盛世思镐京。

寒冷山泉日夜流，浸冻艾萧凉飕飕。
梦中醒来长感叹，追怀盛世念西周。

寒冷山泉地下行，浸冻蓍草长不成。
梦中醒来长感叹，追怀盛世念西京。

黍苗茂美景色新，上天滋润细雨淋。
四方之国勤王事，郇伯理政建功勋。

"知人论世" 聊背景

　　这是一首乱世思治之作。据《左传·僖公二十三年》载，晋国公子重耳因遭骊姬陷害而出逃曹国，因曹共公趁他沐浴偷看他的"骈肋"（肋骨并联为一体）而怀恨在心，当得势做了晋文公后，便报私仇而发兵攻入曹国。方玉润《诗经原始》云："此与《匪风》同被大国之伐，而伤周王之不能救己也。夫天下有道，则礼乐征伐自天子出；天下无道，则礼乐征伐自诸侯出。今晋文入曹，执其君，分其田，以释私憾，宁能使曹人帖然心服乎？此诗之作，所以念周衰伤晋霸也。使周而不衰，则'四国有王'，彼晋虽强，敢擅征伐？"

豳风

《豳风》是豳地民歌。豳地在今陕西彬县、旬邑县一带。

七月

"抑扬顿挫" 读原文

七月流火①，九月授衣②。

一之日觱发③，二之日栗烈④。

无衣无褐⑤，何以卒岁⑥？

三之日于耜⑦，四之日举趾⑧。

同我妇子⑨，馌彼南亩⑩。田畯至喜⑪。

七月流火，九月授衣。

春日载阳⑫，有鸣仓庚⑬。

女执懿筐⑭，遵彼微行⑮，爰求柔桑⑯。

春日迟迟⑰，采蘩祁祁⑱。

女心伤悲，殆及公子同归⑲。

七月流火，八月萑苇⑳。

蚕月条桑^㉑，取彼斧斨^㉒。
以伐远扬^㉓，猗彼女桑^㉔。
七月鸣鵙^㉕，八月载绩^㉖。
载玄载黄^㉗，我朱孔阳^㉘，为公子裳。

四月秀葽^㉙，五月鸣蜩^㉚。
八月其获^㉛，十月陨萚^㉜。
一之日于貉^㉝，取彼狐狸，为公子裘。
二之日其同^㉞，载缵武功^㉟。
言私其豵^㊱，献豜于公^㊲。

五月斯螽动股^㊳，六月莎鸡振羽^㊴。
七月在野^㊵，八月在宇^㊶。
九月在户，十月蟋蟀入我床下。
穹窒熏鼠^㊷，塞向墐户^㊸。
嗟我妇子，曰为改岁^㊹，入此室处^㊺。

六月食郁及薁^㊻，七月亨葵及菽^㊼。
八月剥枣^㊽，十月获稻。
为此春酒^㊾，以介眉寿^㊿。
七月食瓜，八月断壶⁵¹，九月叔苴⁵²。
采荼薪樗⁵³，食我农夫。

九月筑场圃⁵⁴，十月纳禾稼⁵⁵：
黍稷重穋⁵⁶，禾麻菽麦⁵⁷。
嗟我农夫，我稼既同⁵⁸，上入执宫功⁵⁹。
昼尔于茅⁶⁰，宵尔索绹⁶¹。

嗟其乘屋⁶²，其始播百谷⁶³。

二之日凿冰冲冲⁶⁴，三之日纳于凌阴⁶⁵。
四之日其蚤⁶⁶，献羔祭韭⁶⁷。
九月肃霜⁶⁸，十月涤场⁶⁹。
朋酒斯飨⁷⁰，曰杀羔羊⁷¹。
跻彼公堂⁷²，称彼兕觥⁷³，万寿无疆！

"字斟句酌"查注释

①七月：夏历七月。流：下行。火：星名，又名大火，即心宿。每年夏历五月的黄昏时候，此星出在正南方，且位置最高。六月以后便向西斜，七月更加下行，即所谓"流火"。

②授衣：把冬衣做好交给农人。

③一之日：周历一月的日子。周历一月即夏历十一月。下文"二之日""三之日""四之日"则分别为夏历十二月、一月、二月。夏历三月改称为春，而不称"五之日"。觱（bì）发：大风之声。

④栗烈：形容气寒。

⑤褐（hè）：粗毛布，这里指粗布衣。

⑥卒岁：过完一年。卒，终。

⑦于：为，指修理。耜（sì）：翻土农具。

⑧举趾：指下田耕作。趾，脚。

⑨同：会合，一道。

⑩馌（yè）：送饭。南亩：泛指田地。

⑪田畯（jùn）：负责监督农事的田官。

⑫春日：指夏历三月。载：开始。阳：暖和。

⑬有：语助词。仓庚：鸟名，即黄莺。

⑭懿（yì）筐：精致的小筐。

⑮遵：沿。微行（háng）：小路。

⑯爰（yuán）：乃，于是。柔桑：嫩桑叶。

⑰ 迟迟：犹"缓缓"，形容日长。

⑱ 蘩：草名，又名白蒿，祭祀用品。祁祁：众多貌。

⑲ 殆（dài）：始。公子：公侯之子，这里指鲁国国君的女儿。同归：指陪同国君的女儿出嫁。

⑳ 萑（huán）苇：荻草和芦苇。这里省略了收割之类的动词。

㉑ 蚕月：养蚕的月份，指三月。条桑：修剪桑枝。

㉒ 斧斨（qiāng）：斧类工具。古人称柄孔圆的叫斧，柄孔方的叫斨。

㉓ 远扬：指过长过高的桑枝。

㉔ 猗（yī）：借为"掎"，摘取。女桑：嫩桑叶。

㉕ 鵙（jú）：鸟名，又名伯劳、子规、杜鹃。

㉖ 载：开始。绩：纺。此句是说蚕丝之事完毕，而绩麻织布开始。

㉗ 载：又是。玄：黑色。此句指为丝麻染色。

㉘ 朱：红色。孔：甚。阳：鲜明。

㉙ 秀：长穗结籽。葽（yāo）：草名，今名远志，可做药用。

㉚ 蜩（tiáo）：蝉。

㉛ 其获：庄稼将要收获。

㉜ 陨（yǔn）：坠落。萚（tuò）：落叶。

㉝ 于：取。貉（hé）：兽名，似狐而较胖，尾较短，亦称狗獾。

㉞ 同：会合，指聚众打猎。

㉟ 载：乃。缵（zuǎn）：继续。武功：指狩猎。

㊱ 言：语助词。私：私人占有。豵（zōng）：一岁的小猪，这里泛指小兽。

㊲ 豜（jiān）：三岁的大猪，这里泛指大兽。公：公府，贵族。

㊳ 斯螽（zhōng）：虫名，即蚱蜢。动股：指跳。股，腿。

㊴ 莎（suō）鸡：虫名，即纺织娘。振羽：展翅而飞。

㊵ 野：田野。此下四句皆写蟋蟀。

㊶ 宇：屋檐。

㊷ 穹窒（qióng zhì）：清除壅塞。熏鼠：以柴草烧烟熏鼠洞。

㊸ 塞：堵塞。向：朝北的窗子。墐（jìn）户：用泥涂抹门缝。古代贫民家编柴木为门，涂上泥可以防风御寒。以上二句写收拾破屋准备过冬。

㊹ 曰：发语词。改岁：更改年岁，指过年。

㊺ 处：住。

㊻ 郁：灌木名，果实名郁李。薁（yù）：野葡萄。

㊼ 亨："烹"的本字，煮。葵：菜名。菽：豆子。

㊽ 剥：通"扑"，打。

㊾ 春酒：冬季酿酒，春季始成，所以叫春酒。

㊿ 介：求。眉寿：人老时，眉上有长毛，称秀眉，故称长寿为眉寿。

51 断：摘下。壶：葫芦。

52 叔：拾取。苴（jū）：麻子。

53 荼：苦菜。薪樗（chū）：伐樗当柴烧。樗，臭椿。

54 圃：菜地。场圃：把打谷场改修为菜地。古代菜地平时种菜，收获季节轧实做场地，可以互改。

55 纳：缴纳。

56 重：通"穜"（tóng），早种晚熟的谷物。穋：通"穋"（lù），晚种早熟的谷。

57 禾：谷的一种。

58 同：收齐，集中。

59 上入：指结束田间劳动而回到城邑。宫功：指室内劳动。《说文》："宫，室也。"

60 尔：你，你们，指农夫。于：取。茅：茅草。

61 宵：夜里。索綯（táo）：搓绳子。

62 亟：通"急"，赶快。乘屋：修理房屋。

63 其始：将要开始。

64 冲冲：凿冰的声音。

65 凌阴：冰窖。

66 蚤：古"早"字。早是一种祭祖仪式，每年二月初一举行。

67 羔：羊羔。韭：韭菜。二者都是祭品。古代藏冰、取冰都要祭祀。

68 肃霜：天高气爽。霜，通"爽"。

69 涤场：清扫场地，是说农业结束。

70 朋酒：两壶酒。斯：语助词。飨（xiǎng）：以酒食待客。

71 曰：发语词。

72 跻（jī）：登上。公堂：公众集会场所。

73 称：举起。兕觥（sì gōng）：一种状似卧伏犀牛的酒器。

"古文今解"看译文

七月火星向西沉，九月寒冷送衣裳。

十一月北风呼呼响，十二月寒气冷森森。

农夫若无粗布袄，如何支撑到年根？

一月动手修农具，二月下地去耕耘。

妻子孩儿随我后，田间送饭给农人。田官一见喜在心。

七月火星向西滑，九月寒冷送衣裳。

春日红艳艳，黄莺歌声发。

姑娘臂上细筐挎，沿着小路弯又斜，一路采摘嫩桑芽。

春季天长手勤快，采集白蒿多如花。

姑娘心中怀忧虑，陪嫁公主难回家。

七月火星偏西方，八月芦苇该收藏。

三月要把桑树剪，拿来斧头明光光。

砍掉长树权，采摘青嫩桑。

七月伯劳叫，八月纺织忙。

染色黑黄不一样，我染红色最鲜亮，来为公子做衣裳。

四月远志结籽稠，五月鸣蝉声悠悠。

八月忙收获，十月落叶秋。

十一月把貉子打，捕捉狐狸毛皮收，来为公子做狐裘。

十二月里众人聚，继续打猎与郊游。

留下小兽自己用，选出大兽送公侯。

五月蚱蜢蹦，六月蝈蝈鸣。

七月蟋蟀在田野，八月檐下避秋风。

九月入门内，十月床下停。

清除垃圾熏老鼠，北窗房门用泥封。

呼我妻子和儿女，将来新年到门庭，正好住进此房来。

六月食郁李野葡萄，七月把葵菜豆子烧。

八月把枣打，十月把稻割。

酿造春酒芳香，换求人生不老。

七月摘下瓜来尝，八月摘下葫芦炒，九月麻子往回包。

苦菜挖来柴砍下，农夫生活要开销。

九月轧好打谷场，十月缴纳各种粮：

黍子谷子饱，米麻豆麦香。

呼我农夫听端详，庄稼活计刚刚完，室内工作要加强。

白天割茅草，夜里搓绳忙。

快把房屋来修缮，然后春播好开张。

腊月凿冰冲冲响，正月送进冰窖藏。

二月取冰行祭礼，羔羊韭菜献上苍。

九月秋气爽，十月扫净场。

两坛新酒捧上，宰好肥嫩羔羊。

参加集体酒宴会，高举兕杯响叮当，祝福万寿无疆！

"知人论世"　聊背景

本诗是《国风》中的第一长篇。《毛诗序》说，诗的作者是周公，意在教导年幼的成王，使他懂得"稼穑之艰难"。清人姚际恒盛赞此诗说：

诗经这样读

"鸟语虫鸣，草荣木实，似《月令》；妇子入室，茅绹升屋，似风俗书；流火，寒风，似《五行志》；养老慈幼，跻堂称觥，似庠序礼；田官染职，狩猎藏冰，祭献执宫，似国家典制书；其中又有似《采桑图》，《田家乐图》，《食谱》，《谷谱》，《酒经》。一诗之中无不具备，洵天下之至文也。"（《诗经通论》）

东山

"抑扬顿挫"读原文

我徂东山①，慆慆不归②。

我来自东，零雨其濛③。

我东曰归，我心西悲④。

制彼裳衣，勿士行枚⑤。

158

蜎蜎者蠋⑥，烝在桑野⑦。
敦彼独宿⑧，亦在车下。

我徂东山，慆慆不归。
我来自东，零雨其濛。
果臝之实⑨，亦施于宇⑩。
伊威在室⑪，蟏蛸在户⑫。
町疃鹿场⑬，熠耀宵行⑭。
不可畏也，伊可怀也⑮！

我徂东山，慆慆不归。
我来自东，零雨其濛。
鹳鸣于垤⑯，妇叹于室⑰。
洒扫穹窒⑱，我征聿至⑲。
有敦瓜苦⑳，烝在栗薪㉑。
自我不见，于今三年！

我徂东山，慆慆不归。
我来自东，零雨其濛。
仓庚于飞㉒，熠耀其羽。
之子于归，皇驳其马㉓。
亲结其缡㉔，九十其仪㉕。
其新孔嘉㉖，其旧如之何㉗？

"字斟句酌" 查注释

①徂（cú）：往。东山：古奄国山名，位于今山东省曲阜市境内。

②慆（tāo）慆：长久。

③零雨：细雨。其濛：通"濛濛"，亦作"蒙蒙"。

④西悲：因想念西方的家乡而伤悲。

⑤士：通"事"。勿士：不用。行：通"横"。枚：筷子似的短棍。行枚：即衔枚。古代行军，为禁止出声而让口中含枚，叫衔枚。

⑥蜎（yuān）蜎：蠕动貌。蠋（zhú）：山蚕，一种野蚕。

⑦烝（zhēng）：久。

⑧敦（duī）：团，指身体蜷成一团。

⑨果赢（luǒ）：葫芦科植物，一名瓜蒌。赢，即"裸"的异体字。

⑩施（yì）：蔓延。宇：屋檐。

⑪伊威：虫名，扁圆多足，生潮湿处，今名地鳖虫，俗称地虱。

⑫蟏蛸（xiāo shāo）：虫名，长脚小蜘蛛，一名喜蛛。

⑬町疃（tǐng tuǎn）：田舍旁的空地，野兽践踏的地方。鹿场：放鹿的场所。

⑭熠耀（yì yào）：闪闪发光貌。宵行：萤火虫。

⑮伊：是。

⑯鹳（guàn）：水鸟名，形似鹭、鹤，食鱼。垤（dié）：小土堆。

⑰妇：指征人之妻。

⑱穹窒：清除脏物。

⑲聿：语助词。

⑳有敦：敦敦，团团。瓜苦：即苦瓜。

㉑栗薪：义同束薪，爱情的象征。

㉒仓庚：黄莺。

㉓皇：黄白色。驳：赤白色。

㉔亲：指妻子的母亲。缡（lí）：妇女的佩巾。女子出嫁时，由母亲把佩巾结在带上，叫结缡。

㉕九十：言其繁多。仪：仪式，礼节。

㉖新：指新婚。孔嘉：非常美满。

㉗旧：久，指久别。

"古文今解"看译文

我到东山去远征，岁月长久难回程。
今天我自东方返，正逢小雨细蒙蒙。
身在东方说归去，心念西方悲痛生。
将改便服穿上身，不再衔枚战场行。
山蚕树上蠕蠕动，常在野外桑林中。
我缩一团独身宿，就在车下待天明。

我到东山去远征，岁月长久难回程。
今天我自东方返，正逢小雨细蒙蒙。
瓜蒌结果一个个，屋檐下面拖长藤。
地鳖虫儿爬屋内，蜘蛛结网在门庭。
田地变成野鹿场，夜空闪动萤火虫。
家园荒凉不可怕，心中怀念旧人情！

我到东山去远征，岁月长久难回程。
今天我自东方返，正逢小雨细蒙蒙。
鹳鸟长鸣土堆上，妻子长叹空房中。
赶快洒扫清杂物，我行将归要重逢。
苦瓜团圆结一串，挂在柴捆对清风。
自从我们不见面，至今三年已有零！

我到东山去远征，岁月长久难回程。
今天我自东方返，正逢小雨细蒙蒙。
黄莺飞舞展双翅，明丽羽毛亮晶晶。
想她当年才出嫁，红黄大马把她迎。

娘结佩巾给她戴，繁复礼节全履行。

当时新婚甜如蜜，久别重逢是何情！

 "知人论世" 聊背景

本诗是《诗经》中的抒情名篇。《毛诗序》云："《东山》，周公东征也。周公东征，三年而归，劳归士。大夫美之，故作是诗也。"据《尚书大传》记载："周公摄政，一年救乱，二年克殷，三年践奄。"诗中"东山"即在古奄国境内。诗中的主人公是一位东征归来的军人。首章实写归途景况，其余三章关于家园的情况、妻子的情况、当年新婚的情景，均为军人的途中想象，深切真挚，极为动人。

伐柯

"抑扬顿挫" 读原文

伐柯如何^①？匪斧不克^②。
取妻如何^③？匪媒不得。

伐柯伐柯，其则不远^④。
我觏之子^⑤，笾豆有践^⑥。

"字斟句酌" 查注释

①伐：砍。柯：斧柄。
②克：能。
③取：通 "娶"。
④则：准则，榜样。不远：手中的斧柄就是要砍的斧柄的样子，所以说不远。
⑤觏（gòu）：通 "遘"，遇见。之子：指被追求的女子。
⑥笾（biān）：竹器，高足，用来盛果品食物。豆：食器，独足，有盖，用来盛肉菜。践：陈列整齐貌。

"古文今解" 看译文

怎样去砍斧柄？没有斧头不成。
怎样来娶妻子？没有媒人不行。

砍斧柄呀砍斧柄，样品就在你手中。
我把那位姑娘见，礼仪完备喜融融。

 "知人论世" 聊背景

　　这是一首咏叹婚姻礼俗的诗。诗中以砍斧柄要用斧头来比娶妻要靠媒人，后世称作媒为"伐柯""作伐"，即由此而来。

九罭

 "抑扬顿挫" 读原文

　　　　九罭之鱼，鳟鲂①。
　　　　我觏之子②，衮衣绣裳③。

　　　　鸿飞遵渚④，公归无所⑤，

于女信处⑥。

鸿飞遵陆，公归不复⑦，
于女信宿。

是以有衮衣兮⑧，无以我公归兮⑨，
无使我心悲兮！

"字斟句酌" 查注释

①九罭（yù）：一种捕捞小鱼的细网。鳟（zūn）鲂（fáng）：都是鱼名，鲤鱼一类的大鱼。以细网而得大鱼，有喜出望外之意。捕鱼又常做爱情的象征。

②觏（gòu）：通"遘"，遇见。之子：指其恋人。

③衮（gǔn）衣绣裳：绣有龙纹的衣裳，古代贵族的礼服。

④鸿：大雁。遵：沿着。渚：水中沙洲。

⑤公：对贵族男子的尊称。无所：没有一定的处所。

⑥于：借为"与"。女（rǔ）：通"汝"，你。信：两宿为信。信处：犹信宿，住两夜。

⑦不复：不返。

⑧有：藏。

⑨无以：不让。以，使。

"古文今解" 看译文

细网去捕捞，捞到大鳟鲂。
我这情人真漂亮，龙纹彩绣衣和裳。

大雁沿着沙洲飞，您若要走无处宿，
再住两夜我来陪。

大雁顺着河岸飞，您若一去难再回，
恋念不舍再两夜。

藏起您的绣龙衣，归去这事别再提，
莫使我心悲凄凄！

"知人论世" 聊背景

这是一位多情女子执意挽留恋人同宿的诗。从其"衮衣绣裳"可以看出，她的恋人乃是贵族，而女子身份不太清楚。

雅

　　《雅》分为《小雅》和《大雅》，二者合称"二雅"。雅也是一种乐歌名，指西周王畿的乐调，被称为"中原正声"。雅篇中，《小雅》74篇，《大雅》31篇，合计105篇，本书摘取了其中的12篇供读者欣赏。雅诗大部分是奴隶主贵族上层社会举行各种典礼或宴会时演唱的乐歌，相对真实地反映了周代社会生活，具有一定的社会意义和认识价值。大雅的作者，主要是周代宫廷的上层贵族；小雅的作者，既有上层贵族，也有下层贵族和普通阶层。雅诗篇幅较长，句法、用韵都较为严整，读起来有些抽象、晦涩；在风格上，雅诗庄重而舒缓，表现出典重文雅的特色，部分篇幅还颇长于抒情，情景交融，真切动人。

小雅

《小雅》的内容十分广泛丰富，其中最突出的，是关于战争和劳役的作品。

鹿鸣

"抑扬顿挫" 读原文

呦呦鹿鸣①，食野之苹②。

我有嘉宾，鼓瑟吹笙。

吹笙鼓簧③，承筐是将④。

人之好我⑤，示我周行⑥。

呦呦鹿鸣，食野之蒿⑦。

我有嘉宾，德音孔昭⑧。

视民不恌⑨，君子是则是效⑩。

我有旨酒⑪，嘉宾式燕以敖⑫。

呦呦鹿鸣，食野之芩⑬。

我有嘉宾，鼓瑟鼓琴。

鼓瑟鼓琴，和乐且湛⑭。

我有旨酒，以燕乐嘉宾之心。

"字斟句酌" 查注释

① 呦（yōu）呦：鹿鸣声。
② 苹：艾蒿。
③ 簧：笙中的薄片，这里指笙。鼓簧亦即吹笙。
④ 承：捧。将：送。
⑤ 人：指客人。好我：爱我。
⑥ 示：指示，告诉。周行（háng）：大道，比喻大道理。
⑦ 蒿：植物名，又名青蒿、香蒿。
⑧ 德音：好品德，美名。孔：甚。昭：明。
⑨ 视：《郑笺》："古示字也。"恌（tiāo）：通"佻"，轻薄，刻薄。
⑩ 君子：指上层人物。则：准则。效：仿效。
⑪ 旨酒：美酒。
⑫ 式：语助词，无义。燕：通"宴"，宴会。以：而。敖：古"遨"字，即游。这里指行动自由舒畅。
⑬ 芩（qín）：蒿类植物。
⑭ 湛（dān）：借为"妉"，尽兴之意。朱熹《诗集传》："湛，乐之久也。"

"古文今解" 看译文

呦呦鹿儿鸣，野地吃青苹。
我请好嘉宾，鼓瑟又吹笙。
鼓簧奏清乐，捧筐把礼赠。
宾客喜爱我，指我大道行。

呦呦鹿儿叫，野地吃青蒿。
我有好嘉宾，德重声名高。
待人真宽厚，君子来仿效。

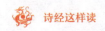

诗经这样读

我处有美酒，嘉宾共逍遥。

呦呦鹿儿叫，野地吃青芩。
我请好嘉宾，鼓瑟又弹琴。
鼓瑟又弹琴，开怀乐沉沉。
我处有美酒，嘉宾共欢欣。

 "知人论世" 聊背景

这是一首周王宴会宾客的诗。全诗共三章，皆以鹿鸣起兴，引发呼唤同伴的意象，从而使全诗洋溢着一种庄敬和乐的气氛。诗中先写宴会开始，奏乐赠礼，宾客论道；次写嘉宾德高望重，堪为楷模，并开始饮酒，渐入佳境；最后写在欢乐的乐声中众宾客开怀畅饮，宴会达到高潮。此诗在先秦时代即已被扩大用为贵族宴饮乐歌，三国时曹操曾将本诗前四句直接采入己作《短歌行》。后代乡试揭榜后，主考官及新举人一起宴饮，称为"鹿鸣宴"，即由此诗而来，可见其影响之大。

170

伐木

伐木丁丁^①，鸟鸣嘤嘤^②。
出自幽谷^③，迁于乔木。
嘤其鸣矣，求其友声。
相彼鸟矣^④，犹求友声；
矧伊人矣^⑤，不求友生^⑥？
神之听之^⑦，终和且平^⑧。

伐木许许^⑨，酾酒有藇^⑩。
既有肥羜^⑪，以速诸父^⑫。
宁适不来^⑬，微我弗顾^⑭。
於粲洒扫^⑮，陈馈八簋^⑯。
既有肥牡^⑰，以速诸舅^⑱。
宁适不来，微我有咎^⑲。

伐木于阪^⑳，酾酒有衍^㉑。
笾豆有践^㉒，兄弟无远^㉓！
民之失德^㉔，乾餱以愆^㉕。
有酒湑我^㉖，无酒酤我^㉗。
坎坎鼓我^㉘，蹲蹲舞我^㉙。
迨我暇矣^㉚，饮此湑矣^㉛。

"字斟句酌" 查注释

① 丁（zhēng）丁：伐木声。

② 嘤（yīng）嘤：鸟鸣声。

③ 幽谷：深谷。

④ 相：视，看。

⑤ 矧（shěn）：何况。伊人：这人。

⑥ 友生：朋友。

⑦ 神：借为"慎"，谨慎。听：听从。

⑧ 终：既。

⑨ 许（hǔ）许：锯木声。

⑩ 酾（shī）酒：滤酒。有藇（xù）：通"藇藇"，甘美。

⑪ 羜（zhù）：五个月的小羊。

⑫ 速：召，邀请。诸父：同姓的长辈。

⑬ 宁：宁可。适：往。

⑭ 微：非。弗顾：意思是不去请他。

⑮ 於（wū）：发语词。粲：鲜明貌，这里指洁净。

⑯ 陈：陈列。馈（kuì）：食物。簋（guǐ）：一种食器。

⑰ 牡：指雄性小羊。

⑱ 诸舅：异姓的长辈。

⑲ 咎：过错。

⑳ 阪（bǎn）：斜坡。

㉑ 有衍：通"衍衍"，满溢貌。

㉒ 笾豆：指盛好的菜肴果品。践：陈列貌。

㉓ 兄弟：指同辈亲友。无远：不要疏远、见外。

㉔ 民：人。失德：指缺乏情谊。

㉕ 乾（gān）餱（hóu）：干粮，这里指粗薄食品。愆（qiān）：过失。以上两句是说，如果人与人缺乏情谊，饮食小事也会视为过错。

㉖ 湑（xǔ）：通"酾"，过滤。我：语助词。以下三句"我"字同此。

㉗ 酤（gū）：通"沽"，买酒。

㉘ 坎坎：击鼓声。

㉙ 蹲（cún）蹲：舞貌。

㉚ 迨（dài）：趁，及。暇：闲暇。

㉛ 湑：指清酒。

"古文今解"看译文

伐木响咚咚，小鸟叫嘤嘤。
出自深谷内，飞上大树停。
嘤嘤叫不止，呼朋唤友声。
看它是禽鸟，尚且求友朋；
何况我人类，能不要友情？
谨慎互谦让，彼此自和融。

伐木锯声响，滤酒醇又香。
羊羔鲜又嫩，请我叔伯尝。
宁是他不到，非我礼不详。
洒扫房中美，八盘好菜强。
既有公羊好，也请长辈享。
宁是他不到，非我意不长。

伐木在坡阪，滤酒壶中满。
盘盏桌上端，兄弟别过谦！
人若无情义，菜少脸会翻。
有酒快斟满，无酒现掏钱。
打鼓咚咚响，起步舞翩翩。
趁我闲暇日，痛饮心畅欢。

"知人论世" 聊背景

这是一首宴请亲友的乐歌。第一章以伐木、鸟鸣起兴，引出朋友之情的重要。但在后两章中着重描写的却是亲戚之情。第二章写的是"诸父""诸舅"；第三章写的是"兄弟"。两者延伸，也许还包括乡亲、长老和年龄相近的邻里、族人。

采薇

"抑扬顿挫" 读原文

采薇采薇①，薇亦作止②。
曰归曰归，岁亦莫止③。
靡室靡家④，猃狁之故⑤。

不遑启居⑥，猃狁之故。

采薇采薇，薇亦柔止。
曰归曰归，心亦忧止。
忧心烈烈⑦，载饥载渴⑧。
我戍未定⑨，靡使归聘⑩。

采薇采薇，薇亦刚止⑪。
曰归曰归，岁亦阳止⑫。
王事靡盬⑬，不遑启处⑭。
忧心孔疚⑮，我行不来⑯。

彼尔维何⑰？维常之华⑱。
彼路斯何⑲？君子之车⑳。
戎车既驾㉑，四牡业业㉒。
岂敢定居？一月三捷。

驾彼四牡，四牡骙骙㉓。
君子所依㉔，小人所腓㉕。
四牡翼翼㉖，象弭鱼服㉗。
岂不日戒㉘？猃狁孔棘㉙。

昔我往矣，杨柳依依㉚；
今我来思㉛，雨雪霏霏㉜。
行道迟迟㉝，载渴载饥。
我心伤悲，莫知我哀！

 **"字斟句酌" 查注释**

① 薇（wēi）：即野豌豆，苗可食。

② 作：生出。止：语气词。

③ 莫：古"暮"字。

④ "靡室"句：此句是说长期离家，等于无家。靡，无。

⑤ 猃狁（xiǎn yǔn）：我国古代西北游牧民族名。春秋时代称戎、狄，秦汉时代称匈奴，隋唐时代称突厥。

⑥ 不遑（huáng）：没有闲暇。启居：启是跪，居是坐，这里启居指停下休息。

⑦ 忧心烈烈：忧心如焚。烈烈，火势旺盛貌。

⑧ 载（zài）：又。

⑨ 戍：守卫。未定：指地点不固定。

⑩ 使：使者。聘（pìn）：探问。

⑪ 刚：坚硬，指薇菜渐老，茎叶变硬。

⑫ 阳：农历四到十月，周代称为阳月。

⑬ 盬（gǔ）：休止。

⑭ 启处：同前"启居"。

⑮ 孔：很。疚：病痛。

⑯ 来：指归来。

⑰ 尔：借为"荼"，花盛开貌。

⑱ 常：借为"棠"，即棠梨树。华：古"花"字。

⑲ 路：借为"辂"（lù），一种高大的车。斯：犹"是"。

⑳ 君子：指周军的将帅。

㉑ 戎车：兵车，战车。

㉒ 业业：强壮高大貌。

㉓ 骙（kuí）骙：马强壮貌。

㉔ 依：倚靠在车厢上，指乘坐。

㉕ 小人：指士兵。腓（féi）：覆庇、隐蔽。指士兵借兵车以遮蔽箭和石块。

㉖ 翼翼：整齐貌。

㉗ 象弭（mǐ）：以象牙做装饰的弓。弭是弓两端的缚弦处，代称弓。鱼服：

即鱼箙，用鱼皮做的箭袋。

㉘戒：戒备。

㉙孔棘（jí）：很紧急，指军情。棘，借作"急"。

㉚依依：形容柳条随风飘拂之状。

㉛思：语气词。

㉜雨（yù）雪：下雪。霏（fēi）霏：雪盛貌。

㉝迟迟：缓缓。

"古文今解" 看译文

采薇采薇装菜篮，薇苗新生嫩又鲜。

回家回家成天叫，眼看一年又过完。

长期奔波抛妻小，猃狁凶暴是根源。

没有空闲静静坐，猃狁猖獗国不安。

采薇采薇野地行，薇苗新长叶儿青。

回家回家成天念，经常心内忧忡忡。

忧心如焚难度日，忍渴挨饿把军行。

经常调防改驻地，无人把信捎回家。

采薇采薇在野田，薇菜已老梗儿坚。

回家回家成天盼，眼看又是十月天。

王家战事无穷尽，没有机会暂清闲。

满怀忧愁成病痛，怕我此行难回还。

什么花儿光彩生？棠棣新花照眼明。

什么车子高又大？将军战车好威风。

把车驾好重上阵，四匹雄马萧萧鸣。

边地哪能安然住？一月几仗要打赢。

驾上雄壮马四匹，四马高高共奋蹄。
将军凭倚车厢站，兵卒随车攻强敌。
四马排开好严整，鱼皮箭袋象牙弭。
哪有一天不戒备？猃狁屡犯军情急。

昔日我要上前方，杨柳依依表情长；
今天我又回家转，雪花飘飘北风凉。
迈步艰难走不动，又饥又渴实难当。
心中忧怨多悲痛，无人知我这哀伤！

 "知人论世"聊背景

　　这是一首咏叹戍卒生活的诗。西周时期，猃狁为患，周王出兵讨伐，终于取胜。诗中即以一士卒口吻，追述征戍生活之艰苦，感慨幽深。此诗旧说为文王遣送守边士兵出征乐歌，如此，则许多战场、归途描写皆为虚构，不免牵强。

出车

我出我车，于彼牧矣①。
自天子所②，谓我来矣③。
召彼仆夫④，谓之载矣。
王事多难⑤，维其棘矣⑥。

我出我车，于彼郊矣。
设此旐矣⑦，建彼旄矣⑧。
彼旟旐斯⑨，胡不旆旆⑩？
忧心悄悄⑪，仆夫况瘁⑫。

王命南仲⑬，往城于方⑭。
出车彭彭⑮，旂旐央央⑯。
天子命我，城彼朔方。
赫赫南仲⑰，猃狁于襄⑱。

昔我往矣，黍稷方华⑲；
今我来思⑳，雨雪载涂㉑。
王事多难，不遑启居㉒。
岂不怀归？畏此简书㉓。

喓喓草虫㉔，趯趯阜螽㉕。

未见君子㉖，忧心忡忡㉗；

既见君子，我心则降㉘。

赫赫南仲，薄伐西戎㉙。

春日迟迟㉚，卉木萋萋㉛。

仓庚喈喈㉜，采蘩祁祁㉝。

执讯获丑㉞，薄言还归。

赫赫南仲，猃狁于夷㉟。

"字斟句酌" 查注释

① 于：往。牧：远郊放牧之地。

② 所：处所。

③ 谓：使，叫。来：指出征。

④ 仆夫：指车夫，御者。

⑤ 难：指外患。

⑥ 维：发语词。棘：通"急"，紧急。

⑦ 设：陈列。旐（zhào）：上面画有龟蛇的旗。

⑧ 建：立。旄：柄上饰有牦牛尾的旗。

⑨ 旟（yú）：上面画有鹰隼的旗。斯：语助词。

⑩ 旆（pèi）旆：迎风飞扬貌。

⑪ 悄悄：忧愁貌。

⑫ 况瘁（cuì）：憔悴。况，借为"恍"，心神不安的样子。

⑬ 南仲：周宣王大臣，中兴名将。

⑭ 城：筑城。方：地名，北方，即下文"朔方"。

⑮ 彭彭：马强壮貌。

⑯ 旂（qí）：上面画有蛟龙的旗。央央：鲜明貌。

⑰ 赫赫：显耀盛大貌。

⑱ 于：犹"以"。襄：借为"攘"，排除。

⑲ 方华（huā）：正开花。

⑳ 来：指得胜回朝。思：语气词。

㉑ 雨（yù）雪：下雪。载：满。涂：通"途"。

㉒ 不遑：不暇。启居：指安居。

㉓ 简书：写在竹简上的文书，指周王的命令。

㉔ 喓（yāo）喓：虫鸣声。草虫：蝈蝈。

㉕ 趯（tì）趯：跳跃貌。阜螽（zhōng）：蚱蜢。

㉖ 君子：指南仲。

㉗ 忡忡：忧虑不安貌。

㉘ 降：放下。

㉙ 薄：语助词。西戎：西北民族名。一说为猃狁的一个部落。

㉚ 迟迟：日长貌。

㉛ 卉（huì）：草。

㉜ 仓庚：黄莺。

㉝ 蘩（fán）：植物名，又名白蒿。采蘩：这里指采蘩的女子。祁祁：众多貌。

㉞ 执：捉住。讯：间谍。获：俘获。丑：对敌人的蔑称。

㉟ 夷：平定。

"古文今解" 看译文

开出我车头不回，直奔郊外快如飞。
我刚离开天子处，奉命出征到边陲。
唤来车夫把车驾，命他为我把马催。
如今国家多外患，军情紧急如燃眉。

开出我车离家园，直奔郊外意志坚。
龟蛇画旗插车上，牦尾画旗挂高杆。
旗画鹰隼多威猛，风来怎不舞翩翩？
心中忧愁又难安，马夫憔悴困不堪。

王命南仲去出征，前往北方筑边城。

兵车骏马多强健，龙蛇画旗舞迎风。
天子对我发命令，筑城朔方做军营。
赫赫南仲威名扬，横扫猃狁建奇功。

昔日我去上前线，谷黍花开香气传；
今天我又回家转，白雪满路正天寒。
国家眼下多边患，稍事休息无空闲。
难道没想回家去？违背王命不敢担。

蝈蝈吱吱草间鸣，蚱蜢得得跳不停。
当初未见南仲面，忧愁思虑意重重；
如今又把南仲见，如释重负喜心间。
赫赫南仲威名远，浩荡大军扫西戎。

春天到来日渐长，草木茂盛有华光。
黄莺喈喈啼不住，采蒿姑娘满路旁。
擒谍献俘多无数，大军凯旋到家乡。
赫赫南仲威名远，平定猃狁国威扬。

"知人论世"聊背景

周宣王时，派出大将南仲征讨北方为患的游牧民族猃狁，兼伐西戎，大胜而归，本诗咏其事。诗中的"我"显然是一位凯旋的军官。《小雅·六月》一诗曾写到猃狁"侵镐及（朔）方"，大将尹吉甫奉命征伐。本诗第三章则先写"王命南仲，往城于（朔）方"，然后又写"天子命我，城彼朔方"，南仲转至其他战场，最后皆获全胜。通观二者，可知本诗的"我"实即大将尹吉甫。全诗六章，分写大军出征、盛大军容、筑城朔方、横扫猃狁、平定西戎、凯旋，场面宏阔，结构严谨。

杕杜

"抑扬顿挫" 读原文

有杕之杜①，有睆其实②。
王事靡盬③，继嗣我日④。
日月阳止⑤，女心伤止，征夫遑止⑥！

有杕之杜，其叶萋萋。
王事靡盬，我心伤悲。
卉木萋止⑦，女心悲止，征夫归止！

陟彼北山⑧，言采其杞⑨。

王事靡盬，忧我父母。

檀车幝幝^⑩，四牡痯痯^⑪，征夫不远！

匪载匪来^⑫，忧心孔疚^⑬。

期逝不至^⑭，而多为恤^⑮。

卜筮偕止^⑯，会言近止^⑰，征夫迩止^⑱！

 "字斟句酌"查注释

① 杕（dì）：孤独貌。杜：棠梨树。

② 睆（huǎn）：果实浑圆貌。一说颜色鲜明貌。

③ 靡盬（gǔ）：无休止。

④ 继嗣：二字同义，意思是一再延长。

⑤ 阳：农历十月为阳日。止：语气词。

⑥ 遑（huáng）：闲暇。

⑦ 卉：草。

⑧ 陟（zhì）：登。

⑨ 杞：灌木名，又名枸杞，果实小而红，可食。

⑩ 檀车：檀木所制的车。幝（chǎn）幝：破旧貌。

⑪ 牡：公马。痯（guǎn）痯：疲劳貌。

⑫ 匪载匪来：言丈夫没有乘车归来。匪，通"非"。

⑬ 孔疚（jiù）：很痛苦。

⑭ 期逝：归期已过。

⑮ 恤（xù）：忧愁。

⑯ 卜：用龟甲占卜。筮（shì）：用蓍草算卦。偕：通"嘉"，吉利。

⑰ 会：指夫妻聚会。

⑱ 迩（ěr）：近。

"古文今解"看译文

棠梨孤零零，果实圆又圆。

王差无穷尽，郎归又拖延。

眼看十月到，女心悲惨惨，征夫何日闲！

棠梨孤独站，绿叶密密垂。

王差无休止，我心太伤悲。

草木多茂盛，女心痛如摧，征夫何日归！

登上北山冈，枸杞采入筐。

王事无休止，忧念我爹娘。

檀车渐破旧，四马快累伤，征路已不长！

郎不坐车还，心忧眼望穿。

归期今又过，忧郁重如山。

占卜得吉利，相会已不远，征夫近乡关！

"知人论世"聊背景

这是一首妻子思念长年在外服役的丈夫的闺怨诗。其中写丈夫久役不归，妻子殷切思念，忧伤不止。诗以"有杕之杜"（孤独的棠梨树）起兴，于是，这孤独的气氛便笼罩了全篇。诗中反复吟唱着"女心伤止""我心伤悲""女心悲止""忧心孔疚"，更使悲伤的浓云郁结不化。

南有嘉鱼

 **"抑扬顿挫" 读原文**

南有嘉鱼①，烝然罩罩②。
君子有酒，嘉宾式燕以乐③。

南有嘉鱼，烝然汕汕④。
君子有酒，嘉宾式燕以衎⑤。

南有樛木⑥，甘瓠累之⑦。
君子有酒，嘉宾式燕绥之⑧。

翾翾者雏⑨，烝然来思⑩。

君子有酒，嘉宾式燕又思⑪。

"字斟句酌" 查注释

① 南：指南方江汉一带。嘉鱼：好鱼。

② 烝（zhēng）：众多。罩罩：鱼游之态。

③ 式：语助词。燕：通"宴"，酒宴。以：通"而"。

④ 汕（shàn）汕：鱼游之态。

⑤ 衎（kàn）：欢乐。

⑥ 樛（jiū）木：高树。

⑦ 瓠（hù）：葫芦。累（léi）：缠挂。

⑧ 绥（suí）：安乐。

⑨ 雏（zhuī）：鹪鹕。

⑩ 思：语气词。

⑪ 又：古通"侑"，指劝酒。

"古文今解" 看译文

南方美鱼在江汉，成群游水真好看。

主人藏酒在家中，嘉宾相聚共欢宴。

南方美鱼江汉生，成群游水好姿容。

主人家中藏美酒，欢宴嘉宾乐无穷。

南方有树大又高，葫芦藤儿紧相缠。

主人热情来敬酒，欢宴嘉宾乐陶陶。

黄莺鸣啼飞翾翾，成群飞聚绿树间。

君子有酒飘香气，嘉宾痛饮乐无边。

"知人论世" 聊背景

这是一首宴会嘉宾的诗。诗中既写了主人的嘉鱼美酒，又渲染了宾主相聚、彼此共欢的热烈气氛。《仪礼》中说此诗是飨礼乐歌，可见已为世间通用，影响甚广。

菁菁者莪

"抑扬顿挫" 读原文

菁菁者莪①，在彼中阿②。

既见君子③，乐且有仪④。

菁菁者莪，在彼中沚⑤。
既见君子，我心则喜。

菁菁者莪，在彼中陵⑥。
既见君子，锡我百朋⑦。

泛泛杨舟⑧，载沉载浮⑨。
既见君子，我心则休⑩。

"字斟句酌" 查注释

① 菁（jīng）菁：茂盛貌。莪（é）：蒿的一种，又名萝蒿。

② 中阿：阿中。阿，大的丘陵。

③ 君子：指姑娘的恋人。

④ 仪：仪表。有仪：指仪表漂亮。

⑤ 沚（zhǐ）：水中小沙洲。

⑥ 陵：大土山。

⑦ 锡：赐。朋：古时以贝壳为货币，五贝为一串，两串为一朋。

⑧ 泛泛：漂荡貌。杨舟：杨木做的船。

⑨ 载：乃，则。

⑩ 休：喜。

"古文今解" 看译文

萝蒿葱茏真繁茂，在那高高丘陵生。
此时见到我男友，愉快而且好仪容。

萝蒿葱茏真繁茂，在那河内沙洲中。
此时见到我男友，心中不禁喜盈盈。

萝蒿葱茏真繁茂，在那高高大土山。
此时见到我男友，赠我贝壳一百钱。

杨木船儿在漂荡，时沉时浮向前划。
此时见到我男友，心中不禁乐开花。

 "知人论世"聊背景

这是一首恋歌。写一位女子见到了她的恋人，喜不自胜。"菁菁者莪"的意象，兴而兼比，颇有生气。女子得见男友的地点四度改换：一在丘陵，一在沙洲，一在高坡，一在河水，活泼有趣。而旧时则多认为此诗是关于教育人才的，写的是学士乐见君子。

鸿雁

鸿雁于飞①，肃肃其羽②。
之子于征③，劬劳于野④。
爰及矜人⑤，哀此鳏寡⑥。

鸿雁于飞，集于中泽⑦。
之子于垣⑧，百堵皆作⑨。
虽则劬劳，其究安宅⑩。

鸿雁于飞，哀鸣嗷嗷⑪。
维此哲人⑫，谓我劬劳；
维彼愚人，谓我宣骄⑬。

① 鸿雁：水鸟名，即大雁。鸿与雁同物而异称，大者为鸿，小者为雁，亦可泛称鸿雁。于：语助词。

② 肃肃：翅膀振动声。

③ 之子：指周王派出的赈济使臣。于：往。征：远行。

④ 劬（qú）劳：辛苦劳累。

⑤ 爰：犹"乃"。矜人：受苦人。

⑥ 鳏（guān）：老而无妻的人。寡：寡妇。鳏寡：泛指难民。

⑦ 中泽：沼泽之中。

⑧ 垣：墙，此指筑墙。

191

⑨ 百：言其多。堵：指墙。作：指筑起。
⑩ 究：穷，指穷苦的人。安宅：安居。
⑪ 嗷（áo）嗷：哀鸣声。
⑫ 哲人：智者。
⑬ 宣骄：逞强。骄，即"矫"。

"古文今解"看译文

鸿雁飞长空，沙沙翅有声。
使臣出行远，辛苦四野中。
救济到贫困，同情鳏与寡。

鸿雁飞长空，聚在沼泽中。
使臣出行远，筑墙百堵成。
虽然很劳累，难民得安生。

鸿雁飞长空，嘎嘎在哀鸣。

唯有贤明士，知我有苦功；

然而愚昧者，说我爱逞能。

"知人论世"聊背景

自《毛诗序》起，人们便一直认为这是一首歌颂周宣王安抚难民的诗，虽无确证，但因较为通顺，故能为多数人所接受。厉王时期，内部暴虐黑暗，外部猃狁入侵，百姓流离，不得安居。宣王中兴，派遣使臣四处招抚难民，加以安顿。诗中以"鸿雁于飞"比喻难民的四方流浪，后世遂因此而以"哀鸿"作为流民的代称。诗中着重描写了使臣的辛苦劳顿，当是为使臣者的夫子自道。

大雅

　　《大雅》大部分诗创作于西周前期，作者大多是贵族，诗歌内容主要歌颂周王室祖先乃至武王、宣王等之功绩，有些诗篇也反映了厉王、幽王的暴虐昏乱及其统治危机。

文王

"抑扬顿挫" 读原文

文王在上①，於昭于天②。

周虽旧邦③，其命维新④。

有周不显⑤，帝命不时⑥。

文王陟降⑦，在帝左右。

亹亹文王⑧，令闻不已⑨。

陈锡哉周⑩，侯文王孙子⑪。

文王孙子，本支百世⑫。

凡周之士，不显亦世⑬。

世之不显，厥犹翼翼⑭。

思皇多士⑮，生此王国。

王国克生 ⑯，维周之桢 ⑰。
济济多士 ⑱，文王以宁。

穆穆文王 ⑲，於缉熙敬止 ⑳。
假哉天命 ㉑，有商孙子 ㉒。
商之孙子，其丽不亿 ㉓。
上帝既命，侯于周服 ㉔。

侯服于周，天命靡常 ㉕。
殷士肤敏 ㉖，裸将于京 ㉗。
厥作裸将，常服黼冔 ㉘。
王之荩臣 ㉙，无念尔祖 ㉚。

无念尔祖，聿修厥德 ㉛。
永言配命 ㉜，自求多福。
殷之未丧师 ㉝，克配上帝。
宜鉴于殷 ㉞，骏命不易 ㉟。

命之不易，无遏尔躬 ㊱。
宣昭义问 ㊲，有虞殷自天 ㊳。
上天之载 ㊴，无声无臭 ㊵。
仪刑文王 ㊶，万邦作孚 ㊷。

"字斟句酌" 查注释

①王：指周文王姬昌。文王在上：朱熹《诗集传》："言文王既没，而其神在上，昭明于天。"

②於（wū）：赞叹声。昭：光明。

③旧邦：周的始祖是后稷，原居邰（今陕西武功），至文王祖父古公亶父时迁居于周（今陕西岐山），始为国名。前后历经夏、商两朝，故称旧邦。

④命：指天命。维：是。此句言天帝初命文王建帝王之业，是新的开端。

⑤有周：周朝。"有"为词头，无义。不（pī）：通"丕"，大。显：光明。

⑥帝：上帝。帝命：指上帝命周统一天下。

⑦陟降：升降。

⑧亹（wěi）亹：勤勉貌。

⑨令闻：好声誉。

⑩陈：借为"申"，一再，重复。锡：通"赐"。哉：与"载"通用。载，造。哉周：建设周朝。

⑪侯：维，是。孙子：子孙。

⑫本支：树的根和枝叶，借指本宗和支系。

⑬亦世：通"奕世"，即累世。

⑭厥：其。犹：计谋。翼翼：恭谨勤勉貌。

⑮思：语助词。皇：美。

⑯克：能。

⑰维：是。桢（zhēn）：干，骨干。

⑱济济：众多貌。

⑲穆穆：仪表美好，容止端庄恭敬。

⑳於：赞叹词。缉熙：光明。敬：谨慎负责。止：语气词。

㉑假：大。

㉒商：商朝。

㉓丽：数目。不：语助词，无义。亿：周朝十万为亿。

㉔侯：唯。服：臣服。侯于周服：侯服于周，唯有臣服于周朝。

㉕靡常：无常。

㉖殷士：殷人。肤：壮美。

㉗祼（guàn）将：灌祭，古代的一种祭礼。将，举行。京：指镐京。

㉘黼（fǔ）：上有黑白相间花纹的礼服。冔（xǔ）：殷朝贵族所戴的礼帽。

㉙王：指周王。荩（jìn）：进。荩臣：进用之臣。

㉚无：语助词，无义。

㉛聿：发语词。

㉜言：语助词。配命：合乎天命。

㉝ 师：民众。

㉞ 鉴：镜子。鉴于殷：以殷为镜子对照自己。

㉟ 骏：大。骏命：指天命。

㊱ 遏：停止，断绝。

㊲ 宣昭：宣扬昭明。义问：好声誉。问，通"闻"。

㊳ 有：通"又"。虞：度，鉴戒。

㊴ 载：事。

㊵ 臭（xiù）：气味。

㊶ 仪刑：效法。刑，法，模式。

㊷ 作：则，就。孚：信服。

"古文今解" 看译文

文王之灵在高天，光明显赫处处传。

周国名字虽久远，受命统一换新颜。

周朝气象多宏大，上帝之命壮河山。

文王之灵有升降，常在上帝身旁绕。

文王创业甚辛勤，美好声名四方传。

天赐周王把国建，文王基业传子孙。

文王基业传子孙，家族兴隆代代传。

凡是周朝众臣子，世代荣华福盈门。

世代显贵真荣光，谋事勤勉又恭谦。

贤士众多人才好，幸而生在周国中。

周国能出众贤士，都是王朝的精英。

人才济济多丰茂，文王由此享安宁。

文王端庄又恭谨，光明正大心意诚。

天命的确很伟大，殷商子孙要遵循。
殷商子孙繁衍多，多达十万数惊人。
天帝已经降旨意，商要向周来称臣。

商要向周来称臣，天命无常不由人。
殷商后代美又敏，进行灌祭到京门。
他们来行灌祭礼，礼服礼帽同上身。
君王任用诸臣子，先祖功业记在心。

先祖功业记心中，先祖品德要发扬。
永远坚持顺天命，福气还凭自己争。
殷商未丧民心日，能从天意来行事。
应当以殷为借鉴，执行天命实不易。

执行天命要恭谨，不可断送在你身。

美好声誉要传承，提供殷鉴是天心。
上天做事难揣测，没有气味没声音。
应以文王为典范，赢得信任万国尊。

"知人论世"聊背景

这是一首颂扬文王之歌。汉人翼奉解释说："周公作诗深戒成王，以恐失天下。"（《后汉书·翼奉传》）大概不错。本诗在修辞上的显著特点，是顶真格的运用。前章的末句是后章的首句，循环往复，造成一种特殊的衔接、特殊的韵律。

大明

"抑扬顿挫"读原文

明明在下①，赫赫在上②。
天难忱斯③，不易维王④。
天位殷適⑤，使不挟四方⑥。

挚仲氏任⑦，自彼殷商。
来嫁于周，曰嫔于京⑧。
乃及王季⑨，维德之行。

大任有身⑩，生此文王。
维此文王，小心翼翼。
昭事上帝⑪，聿怀多福⑫。

厥德不回⑬，以受方国⑭。

天监在下⑮，有命既集⑯。
文王初载⑰，天作之合。
在洽之阳⑱，在渭之涘⑲。

文王嘉止⑳，大邦有子㉑。
大邦有子，伣天之妹㉒。
文定厥祥㉓，亲迎于渭。
造舟为梁㉔，不显其光㉕。

有命自天，命此文王。
于周于京，缵女维莘㉖。
长子维行㉗，笃生武王㉘。
保右命尔㉙，燮伐大商㉚。

殷商之旅㉛，其会如林㉜。
矢于牧野㉝："维予侯兴㉞，
上帝临女㉟，无贰尔心！"

牧野洋洋㊱，檀车煌煌㊲，驷騵彭彭㊳。
维师尚父㊴，时维鹰扬㊵。
凉彼武王㊶，肆伐大商㊷，会朝清明㊸。

"字斟句酌" 查注释

①明明：光明貌。《郑笺》："明明者，文王武王施明德于天下。"在下：指
人间。

②赫赫：显盛貌。在上：指天上。

③忱（chén）：通"谌"，相信。斯：语气词。

④易：轻率怠慢。维：为。

⑤位：通"立"。適（dí）：通"敌"。

⑥挟：拥有。

⑦挚：殷畿内国名。仲氏：次女。任：姓。

⑧嫔（pín）：嫁。京：指周的京都。周太王自豳迁岐，其地名周，王季仍建都于周。

⑨王季：太王古公亶父之子，文王之父。

⑩大任：太任。即前文的挚仲氏任，太任是对她嫁后的尊称。有身：怀有身孕。

⑪昭：光明。事：侍奉。

⑫聿：语助词。怀：招徕。

⑬厥：其，他的。回：邪僻。

⑭方国：四方归附之国。

⑮监：监视。

⑯有命：指天命。"有"为词头。集：就，临。

⑰初载：初年。

⑱洽（hé）：古水名，现称金水河，源出今陕西合阳县北，东南流入黄河。阳：水的北岸称阳。

⑲渭：渭水。涘（sì）：水边。

⑳嘉止：嘉礼，指婚礼。

㉑大邦：大国，指莘（shēn）国，在今陕西合阳县东南。子：指莘国君主的女儿。

㉒伣（qiàn）：好比。妹：少女。

㉓文：礼，指"纳币"之礼。文定：订婚。

㉔造舟为梁：把一些船衔接起来，搭上木板，做成浮桥。

㉕不：通"丕"，大也。

㉖缵（zuǎn）：借为"瓒（zàn）"，美好。维：为。莘：莘国。

㉗长子：指长女。行：嫁。

㉘笃：发语词。

㉙保右：保佑。命：命令。尔：指武王。

㉚燮（xiè）：借为"袭"。燮伐：袭伐，征伐。

㉛旅：军队。

㉜会（kuài）：借作"旝"，军旗。马瑞辰《毛诗传笺通释》："会借为旝（kuài），《说文》引正作旝。旝，旌旗也。"

㉝矢：通"誓"，指誓师。牧野：地名，距商都朝歌七十里。在今河南淇县西南。

㉞维：发语词。侯：乃。兴：兴盛。

㉟临：监视。女：汝，指参加誓师的军队。

㊱洋洋：宽广貌。

㊲檀车：檀木制的战车。煌煌：鲜明貌。

㊳骃（yuán）：赤毛白腹的马。彭彭：健壮有力貌。

㊴师：太师，官名。尚父（fǔ）：对吕尚的尊称，俗称姜太公。本姓姜，其先人封于吕，改从封姓，字子牙。

㊵时：是，这。鹰扬：如雄鹰飞扬，言其奋发勇猛。

㊶凉：辅佐。

㊷肆：疾。肆伐：猛攻。

㊸会：至。会朝（zhāo）：早晨，黎明。

"古文今解"看译文

文王盛德放光芒，赫赫神灵在上苍。
天命玄奥难相信，不易做的是君王。
天将殷朝敌人树，让它不能保四方。

任家次女挚国生，归属殷商在远东。
西行出嫁到周地，已做新娘在周京。
她与王季成佳配，专行有德好事情。

太任不久有身孕，生子文王是精英。
这位文王是人才，言行谨慎且小心。

正大光明奉上帝，获取福事多如云。
他的德行很光明，四方归附共推尊。

上天明察人世间，天命归于文王身。
文王当年初即位，天帝为他配好婚。
洽水北面好姑娘，祖籍莘国渭水滨。

文王隆重办婚礼，娶来大国一美女。
娶来大国一美女，好似天仙下凡尘。
选择吉日聘礼定，渭水旁边去迎亲。
联结木船浮桥架，婚礼隆重动人心。

上天命令从天降，命令下达周文王。
周国京师福禄地，娶得莘国好姑娘。
她是长女嫁文王，婚后诞下周武王。
天命所归天保佑，武王发兵伐殷商。

殷商军队上战场，军旗如林随风扬。
武王誓师在牧野："天兴大周不可挡，
天帝在天来监视，不许二心有彷徨！"

牧野平原宽又广，檀木战车闪明光，四马威武真强壮。
太师尚父传将令，如同雄鹰展翅翔。
辅佐武王有谋略，三军英勇战殷商，清晨四野凯歌扬。

"知人论世"聊背景

这是一篇歌颂武王功绩的史诗。据《逸周书·世俘解》载，该诗作于周武王克殷后不久。诗的核心是叙述武王伐纣，牧野决战。由周的胜利推本溯源，颂扬了其先祖王季和太任、文王和太姒的修积盛德，上应天命，从而说明了殷败周兴的必然。诗的最后两章对决战场面的描写十分精彩，笔酣墨饱，气势磅礴，使人如入千军万马中，不禁惊心动魄。

绵

![icon] **"抑扬顿挫" 读原文**

绵绵瓜瓞①。民之初生②，
自土沮漆③。古公亶父④，
陶复陶穴⑤，未有家室⑥。

古公亶父，来朝走马⑦。
率西水浒⑧，至于岐下⑨。

爰及姜女⑩，聿来胥宇⑪。

周原朊朊⑫，堇荼如饴⑬。
爰始爰谋⑭，爰契我龟⑮；
曰止曰时⑯，筑室于兹。

乃慰乃止⑰，乃左乃右⑱；
乃疆乃理⑲，乃宣乃亩⑳。
自西徂东，周爰执事㉑。

乃召司空㉒，乃召司徒㉓，
俾立室家㉔。其绳则直㉕，
缩版以载㉖，作庙翼翼㉗。

捄之陾陾㉘，度之薨薨㉙，
筑之登登㉚，削屡冯冯㉛。
百堵皆兴㉜，鼛鼓弗胜㉝。

乃立皋门㉞，皋门有伉㉟。
乃立应门㊱，应门将将㊲。
乃立冢土㊳，戎丑攸行㊴。

肆不殄厥愠㊵，亦不陨厥问㊶。
柞棫拔矣㊷，行道兑矣㊸。
混夷駾矣㊹，维其喙矣㊺。

虞芮质厥成㊻，文王蹶厥生㊼。

予曰有疏附⁴⁸，予曰有先后⁴⁹；

予曰有奔奏⁵⁰，予曰有御侮⁵¹。

"字斟句酌" 查注释

① 绵绵：连绵不断。瓞（dié）：小瓜。《孔疏》："大者曰瓜，小者曰瓞。"诗用瓜瓞的连绵比喻子孙的众多。

② 民：指周的民众。初生：初兴。

③ 土：《齐诗》作"杜"，水名，在豳地。沮：借为"徂"，往也。漆：古水名，在岐山一带。自土沮漆，即由豳地迁往岐山。

④ 古公亶父（dǎn fǔ）：王季的父亲，文王的祖父。古公即"远祖先公"的简称，亶父是其名字。初居豳地，后为躲避戎狄入侵，迁居岐山之下，定国号为周。武王定天下，追尊为太王。

⑤ 陶：借为"掏"。复：三家诗作"覆（fù）"，从山侧挖的洞，如窑洞。穴：向下挖的洞，即地洞。

⑥ 家室：指房屋。

⑦ 来朝：第二天早晨。走马：驰马。

⑧ 率：循，沿着。西：岐山在豳西。水浒：水边，即渭水旁边。

⑨ 岐下：岐山之下。岐山在今陕西岐山县东北。

⑩ 爰（yuán）：乃，于是。姜女：姜姓女子，古公亶父之妻，也称太姜。

⑪ 聿（yù）：发语词。胥：相，视察。宇：居处，指建筑房屋的地址。

⑫ 周：地名，在岐山南边。原：广平之地。膴（wǔ）膴：肥美。

⑬ 堇（jǐn）：菜名，野生，味苦。荼：菜名，一名苦菜。饴（yí）：饴糖。

⑭ 始：谋。

⑮ 契：刻。龟：龟甲。契龟指用龟甲占卜，先在龟甲上钻孔，然后用火灼烧，以龟甲的裂纹来断吉凶，并在上面刻上卜辞。

⑯ 曰：发语词。止：居住。时：借为"踌"，义通"止"，即居住。

⑰ 慰：安心居住。

⑱ 左、右：指划定左右区域。

⑲ 疆：划定疆界。理：整治田地。

⑳ 宣：通，指开导沟洫，以利排灌。亩：耕种。

㉑ 周：全部，指人。爰：语助词。执事：从事工作。

㉒ 司空：掌建筑工程的官，六卿之一。

㉓ 司徒：掌管土地和劳役的官，六卿之一。

㉔ 俾（bǐ）：使。立：建立，建筑。

㉕ 绳：指拉绳以取得直线。

㉖ 缩版：直板。载：通"栽"，筑墙用的长板，用作动词，为竖立之意。

㉗ 庙：宗庙。翼翼：严正貌。

㉘ 捄（jū）：把土装进筐里。陾（réng）陾：装土声。

㉙ 度（duó）：投，填，指填土在墙板内。薨（hōng）薨：填土声。

㉚ 筑：捣土。登登：捣土发出的声音。

㉛ 屡：古"娄"字，通"偻"，隆高。削屡：将土墙隆起的地方削平。冯（píng）冯：削土声。

㉜ 百堵：指很多墙。兴：动工。

㉝ 鼛（gāo）：一种大鼓，长一丈二尺。打鼓的目的是给劳役鼓劲助兴。弗胜：指鼓声不能越过劳动的声音。

㉞ 皋门：外城之门。

㉟ 有伉（kàng）：伉伉，高大貌。

㊱ 应门：王宫正门。

㊲ 将（qiāng）将：庄严堂皇貌。

㊳ 冢（zhǒng）：大。冢土：大社。社是祭土神的坛。

㊴ 戎：大。丑：众。攸：所。此句意为这是大众集体活动的地方。

㊵ 肆：故，所以。殄（tiǎn）：断绝，消除。厥：其。愠（yùn）：怒。

㊶ 陨（yǔn）：坠落，失去。问：聘问。

㊷ 柞（zuò）：树名，丛生，有刺。棫（yù）：树名，亦丛生，有刺。

㊸ 兑（duì）：通畅。

㊹ 混（kūn）夷：昆夷，古种族名，西戎之一。駾（tuì）：受惊奔突。

㊺ 喙（huì）：疲困，困乏。

㊻ 虞：古国名，地在今山西平陆县东北。芮（ruì）：古国名，地在今山西芮城县西。质：评断。成：平。相传虞、芮二国国君争田，去求周文王评断，被周国民众的礼让之风所感动，遂主动互让。

㊼ 蹶（guì）：感动。生：通"性"。

㊽ 曰：语助词。疏附：指率下亲上之臣。
㊾ 先后：指在国君前后参谋政事之臣。
㊿ 奔奏：指奔走宣德之臣。
(51) 御侮：指抵御外侵之臣。

“古文今解”看译文

大瓜小瓜似连珠。周人兴起念当初，
杜水迁到漆水下。古公亶父制宏图，
掏洞挖窑先住下，当年困苦没房屋。

古公亶父真英雄，清晨骑马奔路程。
沿着渭水向西去，岐山山脚扎盘营。
携同太姜贤妻子，同来居处勘地形。

周原平广又肥沃，堇菜苦菜甜如饴。
大家合力齐谋划，又刻龟甲占凶吉；
神灵示意此宜居，此地建房最适宜。

于是安心来居住，前后左右来分开；
划定疆界整田忙，疏渠培垄秧苗栽。
从西到东安排好，共同劳动喜洋洋。

安排司空管工程，司徒管地与劳力，
分头负责快施工。拉开绳子量直线，
竖起夹板夯土层，庄严宗庙要修成。

铲土装筐声嘭嘭，填土板上响轰轰，

噔噔之声在捣土，砰砰作响墙削平。
百堵高墙全筑起，杂声压过大鼓声。

筑起京都外城门，城门高大又壮美。
王宫正门也建好，宫门庄严气象新。
又为土神立祭坛，众人祈祷聚如云。

对敌怒气虽未消，彼此聘问不绝交。
柞棫刺枝全拔尽，道路通畅远迢迢。
昆夷狼狈奔逃忙，疲困不堪似病疬。

虞芮两国解纷争，追慕文王本性更。
我有贤臣统百姓，我有谋士辅朝廷；
我有良才宣德教，我有猛将抵外侵。

"知人论世"聊背景

　　这也是一首史诗，颂扬了周族太王古公亶父迁都于岐，奠基兴国的重大业绩。诗由古公亶父迁往岐山写起，然后写他勘察地形、定居周原、划分田亩、建立宗庙、修筑城门、驱逐戎狄、开国奠基，最后又写到文王继承遗业，开创新篇。诗中突出了古公亶父在周朝历史上的不朽地位。

旱麓

"抑扬顿挫"读原文

瞻彼旱麓①，榛楛济济②。
岂弟君子③，干禄岂弟④。

瑟彼玉瓒⑤，黄流在中⑥。
岂弟君子，福禄攸降⑦。

鸢飞戾天⑧，鱼跃于渊。
岂弟君子，遐不作人⑨。

清酒既载⑩，骍牡既备⑪。
以享以祀，以介景福⑫。

瑟彼柞棫⑬，民所燎矣⑭。
岂弟君子，神所劳矣⑮。

莫莫葛藟⑯，施于条枚⑰。

岂弟君子，求福不回⑱。

 "字斟句酌" 查注释

① 旱：山名，在今陕西南郑区境内。麓：山脚。

② 榛（zhēn）、楛（hù）：皆丛生小灌木。榛结实似栗而小，楛枝叶似荆而赤。

③ 岂弟：即恺悌（kǎi tì），平易近人。君子：指文王。

④ 干（gān）：求。禄：福禄。

⑤ 瑟：鲜洁貌。玉瓒（zàn）：圭瓒，天子祭神所用的酒器，玉圭为柄，一端有勺。

⑥ 黄流：黄，用黄金制成或镶金的酒勺；流，用黑黍和郁金草酿造配制的酒。

⑦ 攸：所。

⑧ 鸢（yuān）：一种猛禽，俗称老鹰。戾：至。

⑨ 遐：通"何"。作人：成就人才。

⑩ 载：陈列，陈设。

⑪ 骍（xīng）：赤色微黄的马牛。牡：雄兽。周人尚赤，故以赤牲祭祀。

⑫ 介：求。景福：洪福。

⑬ 瑟：众多貌。柞、棫：皆为树名。

⑭ 燎：指烧柴祭神。

⑮ 劳（lào）：抚慰，保佑。

⑯ 莫莫：茂密貌。葛（gě）藟（lěi）：葛藤。

⑰ 施（yì）：蔓延。条：树枝。枚：树干。

⑱ 不回：不违。

 "古文今解" 看译文

望向旱山山麓，遍布榛树楛树。

君子和乐平易，和乐以求福禄。

洁净鲜亮玉樽，金黄美酒香醇。
君子和乐平易，神赐福禄降临。

雄鹰飞上高天，游鱼跃于深渊。
君子和乐平易，成就人才万千。

斟满清醇美酒，供上红色公牛。
来将祖先祭祀，愿把洪福祈求。

柞树棫树丛生，砍柴烧祭神灵。
君子和乐平易，神灵佑你成功。

茂盛葛藤蜿蜒，缠绕枝干蔓延。
君子和乐平易，求福不违上天。

"知人论世"聊背景

这是一首颂扬文王祭祀获福的诗。诗共六章，除第四章首二句为赋体外，其余各章首二句皆为兴体，分别以旱麓、榛楛、玉瓒、黄流、鸢飞、鱼跃、柞棫、葛藟起兴，形象鲜明，其风格颇似《风》诗。

第三篇

颂

　　《颂》是王室宗庙祭祀或举行重大典礼仪式的乐歌，包含《周颂》《鲁颂》《商颂》三部分，共 31 篇，本书摘取了其中的 9 篇。与风和雅不同，风、雅只清唱，歌辞有韵，声音短促，颂不但配合乐器，采用皇家乐调，而且还带有扮演、舞蹈的艺术。《周颂》是《诗经》中创作时间最早的诗歌，据后人考证，作于公元前 1100– 前 950 年的西周初期；《鲁颂》创作于春秋时期，产生于鲁国；《商颂》即"宋颂"，是宋人歌颂宋襄公的作品，也产生于春秋时期。颂诗主要宣扬天命，赞颂祖先的功德，也有少数反映了当时的农业、渔业、牧业生产的情况。

周颂

　　《周颂》是周王室的宗庙祭祀诗，除了单纯歌颂祖先功德外，还有一部分于春夏之际向神祈求丰年或秋冬之际酬谢神的乐歌。

清庙

 "抑扬顿挫" 读原文

於穆清庙①，肃雝显相②。

济济多士③，秉文之德④。

对越在天⑤，骏奔走在庙⑥。

不显不承⑦，无射于人斯⑧。

 "字斟句酌" 查注释

　　①於（wū）：赞叹声。穆：美。清庙：《郑笺》："清庙者，祭有清明之德者之宫也，谓祭文王也。"一说清为清静。

　　②肃雝（yōng）：肃敬和顺。显：高贵显赫。相：助祭的公侯。

　　③济济：众多貌。多士：朱熹《诗集传》："与祭执事之人也。"

　　④秉：怀着。文：周文王。

　　⑤越：于。

⑥骏：迅速。

⑦不：通"丕"，大也。显：光明。承（zhēng）：借为"烝"，美，善。

⑧射：借为"致（yì）"，厌弃，厌足。斯，语气词。

"古文今解" 看译文

啊！清庙华美绝伦，助祭严肃深沉。

大典众士济济，文王之德记心。

遥奉在天神位，庙中服务急奔。

盛德光明美善，后人世世仰尊。

"知人论世" 聊背景

这是一首祭祀文王的乐歌，主祭者大概是武王。本诗在《周颂》中序居第一，位置重要。孔颖达《毛诗正义》说："《礼记》每云升歌《清庙》，然则祭祀宗庙之盛，歌文王之德，莫重于《清庙》，故为《周颂》之始。"

维清

"抑扬顿挫" 读原文

维清缉熙^①，文王之典^②。
肇禋^③，迄用有成^④，维周之祯^⑤。

"字斟句酌" 查注释

①维：发语词。维清缉熙：严粲《诗辑》："清则纯一而不杂，缉则悠久而不已，熙则广大而无外。三者备举文王之圣德，而以典言之者，谓其德寓于法也。"

②典：法。主要指用兵之法。

③肇（zhào）：开始。禋（yīn）：祀。

④迄：终。用：以。

⑤维：是。祯：吉祥。

"古文今解" 看译文

清纯长久宽广，文王宝贵典章。

始做出征祭天礼，终至武王定四方，乃是大周吉祥。

"知人论世" 聊背景

这是一首在宗庙中祭祀文王的诗。祭祀时一边唱诗，一边跳舞，做击刺之状，谓之象舞。故《毛诗序》说："《维清》，奏《象舞》也。"

天作

"抑扬顿挫" 读原文

天作高山①，大王荒之②。

彼作矣，文王康之③。

彼徂矣④，岐有夷之行⑤，子孙保之！

"字斟句酌" 查注释

①作：生。高山：指岐山，在今陕西岐山县东北。

②大王：太王，即古公亶父。他避戎狄之侵，由豳地迁于岐山之下，豳人皆从之，定国号为周。荒：治。

③作：造就。康：安乐。

④徂（cú）：往，到。指万民归周。

⑤夷：平坦。行（háng）：道路。

"古文今解" 看译文

天生高峻岐山，太王开辟艰难。

民众辛勤建设，文王抚定平安。

万民纷纷归往，岐山大道宽宽，子孙永保万年！

"知人论世" 聊背景

　　这是周王祭祀岐山的乐歌。岐山，在今陕西省岐山县境内。文王的祖父太王，因狄人入侵而由豳地始迁于岐山，周族重新复兴、迅速发展，中经王季，传至文王。文王扩张势力，灭掉商之重要属国崇，自岐迁都至丰，国势日益强大，奠定了统一天下的基础。所以岐山乃是周族的重要发祥地，它受到后代周王的郑重祭祀是合乎情理的。

鲁颂

《鲁颂》创作时间为春秋时代，产生于春秋鲁国的首都，内容均为歌颂鲁僖公。

駉

"抑扬顿挫" 读原文

駉駉牡马^①，在坰之野^②。
薄言駉者^③，有骓有皇^④；
有骊有黄^⑤，以车彭彭^⑥。
思无疆^⑦，思马斯臧^⑧。

駉駉牡马，在坰之野。
薄言駉者，有骓有駓^⑨；
有骍有骐^⑩，以车伾伾^⑪。
思无期，思马斯才^⑫。

駉駉牡马，在坰之野。
薄言駉者，有驒有骆^⑬；
有骝有雒^⑭，以车绎绎^⑮。

思无斁⑯，思马斯作⑰。

駉駉牡马，在坰之野。
薄言駉者，有驈有皇⑱；
有骊有黄⑲，以车袪袪⑳。
思无邪，思马斯徂㉑。

 "字斟句酌" 查注释

①駉駉（jiōng）：马肥壮貌。牡（mǔ），本作牧。《颜氏家训·书证》中写道："江南书皆作牝牡之牡，河北本悉为放牧之牧。"按当作牧。牡马：放牧的马。

②坰（jiōng）：远。《尔雅·释地》："邑外谓之郊，郊外谓之牧，牧外谓之野，野外谓之林，林外谓之坰。"

③薄言：语助词。

④驈（yù）：黑马白胯。皇：《说文》引作騜（huáng），黄白之马。

⑤骊（lí）：纯黑之马。黄：黄赤色之马。

⑥以车：用以驾车。彭彭：马强壮有力貌。

⑦思：谋虑，下文"思无期""思无斁""思无邪"之"思"同此。无疆：深远无边。

⑧思：语首助词。斯：语气词。臧（zāng）：善。

⑨骓（zhuī）：苍白杂色之马。駓（pī）：黄白杂色之马。

⑩骍（xīng）：赤黄色马。骐（qí）：有青黑花纹之马。

⑪伾（pī）伾：有力貌。

⑫才：才能，才力。

⑬骓（tuó）：青黑色而有白鳞花纹之马。骆：白毛黑鬣之马。

⑭骝（liú）：赤身黑鬣之马。雒（luò）：黑身白鬣之马。

⑮绎绎：善跑。

⑯斁（yì）：厌倦。

⑰作：奋起。

⑱ 駰（yīn）：浅黄间白之杂色马。騢（xiá）：赤中间白之杂色马。

⑲ 驔（diàn）：黑身黄脊之马。鱼：两眼白毛围绕之马。

⑳ 袪（qū）袪：强健。

㉑ 徂：行，指善跑。

"古文今解" 看译文

群马肥壮大又高，牧场遥远在荒郊。
大群肥马什么样，骊马皇马带白毛；
骊马黄马色气亮，用来驾车任游遨。
鲁公思虑远，骏马好身膘。

群马雄健气昂昂，牧场迢迢在远方。
大群肥马什么样，骓马駓马油光光；
骍马骐马毛杂配，用来驾车有力量。
鲁侯远谋虑，骏马才力强。

群马肥美又雄健，牧场迢迢在荒原。
大群肥马什么样，驒马骆马体毛斑；
骝马雒马有美鬣，用来驾车跑得欢。
鲁公思不倦，骏马永向前。

群马肥大健又雄，牧场迢迢荒原中。
大群肥马什么样，駰马騢马毛色明；
驔马鱼马有特点，用来驾车善奔腾。
鲁公思虑正，骏马快如风。

这是一首颂美鲁僖公养马之盛的诗。周成王因周公之功德而赐予其子所在的鲁国以天子礼乐，可用颂诗为祭。僖公以后，自觉去周公已远，欲自作颂，以避僭越之嫌。僖公能遵伯禽之法，有美政，鲁人尊之，欲借颂之嘉称予以颂扬，季孙行父以此向周室请示，得到特许，于是太史克作鲁颂四篇，《駉》为其一。古代国家的军事力量，要素之一是兵车、战马，牧马之盛最能表现出鲁僖公谋政深远，故本篇中予以颂扬。

泮水

思乐泮水①，薄采其芹。

鲁侯戾止 ②，言观其旂 ③。
其旂茷茷 ④，鸾声哕哕 ⑤。
无小无大 ⑥，从公于迈 ⑦。

思乐泮水，薄采其藻。
鲁侯戾止，其马蹻蹻 ⑧。
其马蹻蹻，其音昭昭 ⑨。
载色载笑 ⑩，匪怒伊教 ⑪。

思乐泮水，薄采其茆 ⑫。
鲁侯戾止，在泮饮酒。
既饮旨酒，永锡难老 ⑬。
顺彼长道 ⑭，屈此群丑 ⑮。

穆穆鲁侯 ⑯，敬明其德。
敬慎威仪，维民之则 ⑰。
允文允武 ⑱，昭假烈祖 ⑲。
靡有不孝 ⑳，自求伊祜 ㉑。

明明鲁侯 ㉒，克明其德。
既作泮宫 ㉓，淮夷攸服 ㉔。
矫矫虎臣 ㉕，在泮献馘 ㉖。
淑问如皋陶 ㉗，在泮献囚。

济济多士 ㉘，克广德心 ㉙。
桓桓于征 ㉚，狄彼东南 ㉛。
烝烝皇皇 ㉜，不吴不扬 ㉝。

不告于讻^㉞，在泮献功。

角弓其觩^㉟，束矢其搜^㊱。
戎车孔博^㊲，徒御无斁^㊳。
既克淮夷，孔淑不逆^㊴。
式固尔犹^㊵，淮夷卒获。

翩彼飞鸮^㊶，集于泮林。
食我桑黮^㊷，怀我好音^㊸。
憬彼淮夷^㊹，来献其琛^㊺。
元龟象齿^㊻，大赂南金^㊼。

"字斟句酌" 查注释

① 思：发语词。泮（pàn）水：水名。《通典》："鲁郡泗水县，泮水出焉。"

② 戾：到。止：语气词。

③ 言：语助词。旂（qí）：画有蛟龙的旗。

④ 茷（pèi）茷：通"旆旆"，旌旗飘扬貌。

⑤ 鸾：车铃。哕（huì）哕：有节奏的铃声。

⑥ 无小无大：指不论小官大官。

⑦ 于：而。迈：行。

⑧ 蹻（jué）蹻：强壮勇武貌。

⑨ 昭昭：响亮。

⑩ 载：又。色：和颜悦色。

⑪ 匪：非。伊：是。

⑫ 茆（mǎo）：水草名，即莼菜。

⑬ 锡：赐。难老：长寿之意。

⑭ 长道：远路。

⑮ 屈：征服。群丑：蔑称淮夷。

⑯ 穆穆：端庄恭敬，容仪美好。

⑰ 维：为，是。则：准则，模范。

⑱ 允：确实。

⑲ 昭：明。假：格，至。昭假：明诚敬之心于神灵。烈祖：列祖。烈，通"列"。

⑳ 靡：无。孝：通"效"，效法。

㉑ 伊：此。祜（hù）：福。

㉒ 明明：同"勉勉"。

㉓ 作：建筑。泮宫：宫名，以傍泮水而称。

㉔ 攸：语助词。

㉕ 矫矫：勇武貌。

㉖ 馘（guó）：割下敌尸的左耳以计战功称馘。这里指割下的左耳。

㉗ 淑问：善于审问。皋陶（yáo）：传说为虞舜之臣，造狱立律。

㉘ 济济：众多貌。

㉙ 广：推广。德心：善意。

㉚ 桓桓：威武貌。

㉛ 狄（tì）：治理，平定。东南：指淮夷。

㉜ 烝（zhēng）烝皇皇：美盛貌，形容多士。

㉝ 吴：喧哗。扬：轻浮。

㉞ 不告于讻（xiōng）：朱熹《诗集传》："师克而和，不争功也。"讻，争辩。

㉟ 角弓：以兽角嵌饰的弓。觩（qiú）：弯曲貌。

㊱ 束矢：成捆的箭。或云一束五十矢，或云一束百矢。马瑞辰《毛诗传笺通释》："束矢无定数，皆取敛聚之义。"其搜：即"嗖嗖"，箭发之声。

㊲ 戎车：兵车。孔博：很多。

㊳ 徒：步兵。御：驾车的甲士。敩（yì）：厌倦。

㊴ 孔淑：甚善。不逆：指顺利。

㊵ 式：语助词。固：坚定。犹：通"猷"，计谋。

㊶ 鸮（xiāo）：猫头鹰。

㊷ 黮（shèn）：亦作"葚"，桑树的果实。

㊸ 怀：借为"馈"，给予。

㊹ 憬（jǐng）：觉悟。

㊺ 琛（chēn）：珍宝。

㊻ 元龟：大龟。

㊼赂（lù）：通"璐"，美玉。俞樾《群经平议》："赂，借为璐，玉也。"郭沫若以为是贝名。南金：南方所产黄金。郭沫若释"金"为铜。

"古文今解"看译文

泮水之滨喜气扬，采摘水芹味芳香。
鲁侯车驾已来到，看取龙旗闪光芒。
龙纹画旗迎风摆，车铃串串响叮当。
百官不论小和大，紧随鲁侯车后方。

泮水之滨喜气盈，采摘水藻色青青。
鲁侯车驾已来到，马儿强健四蹄轻。
马儿强健蹄轻快，车上响铃甚好听。
鲁侯和气微微笑，循循善诱无怒容。

泮水之滨喜气高，采摘莼菜要嫩苗。
鲁侯车驾已来到，泮水岸边摆酒肴。
同在席间饮美酒，永赐不老寿迢迢。
沿着遥远长征路，制伏贼寇祸根消。

鲁侯庄重又谦和，恭谨昭明树美德。
敬慎仪容端举止，堪为众民做准则。
的确能文又能武，告明神祖到天国。
事事效法祖宗制，自求神灵降福多。

勤勉不倦贤鲁侯，能修美德四方流。
泮宫建好求神佑，征服淮夷大功收。
英勇将官如猛虎，献敌左耳似山丘。

官如皋陶明审讯，泮宫献上众敌囚。

济济一堂多贤人，广扬德行善意存。
威风凛凛出征去，平定东南除祸根。
浩荡大军多美盛，无人喧哗叫纷纭。
不自争功强申辩，泮宫之内献高勋。

牛角雕弓强又硬，众箭齐发嗖嗖行。
战车隆隆数不尽，步兵车士向前冲。
淮夷终于被战胜，俯首听命不敢争。
坚定执行谋略妙，终将淮夷全扫平。

翩然飞下猫头鹰，泮水岸边林内停。
吃过我家甜桑葚，对我鸣音变好听。
淮夷受挫已觉悟，来献珍宝到宫中。

大龟象牙实贵重，南金巨玉价连城。

"知人论世" 聊背景

　　这是一首颂美鲁僖公修建泮宫、平服淮夷的诗。旧时认为，"泮宫，学名。"（孔颖达《毛诗正义》），是讲经论道之所，故后称考中秀才的人入学为"采芹"或"入泮"。其实，"宫"即庙，"泮"为鲁国水名。"鲁侯新作宫于其上，其水有芹藻之属，故诗人作颂，因以采芹藻为兴，谓既作泮宫而淮夷攸服，言其成宫之发祥而获吉也。故饮酒于是，献馘于是，献囚于是，献功于是。末章乃盼泮水之前有林，而林上有飞鸮集之，因托以比淮夷之献琛。通篇意旨如此。"（姚际恒《诗经通论》）

闷宫

"抑扬顿挫" 读原文

　　　　闷宫有侐①，实实枚枚②。
　　　　赫赫姜嫄③，其德不回④。
　　　　上帝是依⑤，无灾无害。
　　　　弥月不迟⑥，是生后稷，降之百福。
　　　　黍稷重穋⑦，稙稚菽麦⑧。
　　　　奄有下国⑨，俾民稼穑⑩。
　　　　有稷有黍，有稻有秬⑪。
　　　　奄有下土，缵禹之绪⑫。

　　　　后稷之孙，实维大王⑬。

居岐之阳⑭，实始翦商⑮。

至于文武，缵大王之绪，致天之届⑯，于牧之野⑰。

无贰无虞⑱，上帝临女⑲！

敦商之旅⑳，克咸厥功㉑。

王曰叔父㉒，建尔元子㉓，俾侯于鲁。

大启尔宇㉔，为周室辅。

乃命鲁公，俾侯于东。

锡之山川，土田附庸㉕。

周公之孙㉖，庄公之子。

龙旂承祀㉗，六辔耳耳㉘。

春秋匪解㉙，享祀不忒㉚。

皇皇后帝㉛，皇祖后稷㉜。

享以骍牺㉝，是飨是宜㉞，降福既多。

周公皇祖，亦其福女。

秋而载尝㉟，夏而楅衡㊱，

白牡骍刚㊲。牺尊将将㊳，

毛炰胾羹㊴，笾豆大房㊵。

万舞洋洋㊶，孝孙有庆㊷。

俾尔炽而昌㊸，俾尔寿而臧㊹。

保彼东方，鲁邦是常㊺。

不亏不崩，不震不腾㊻。

三寿作朋㊼，如冈如陵。

公车千乘㊽，朱英绿縢㊾，

二矛重弓㊿，公徒三万㉑，

贝胄朱绶[52]，烝徒增增[53]。

戎狄是膺[54]，荆舒是惩[55]，则莫我敢承[56]。

俾尔昌而炽，俾尔寿而富，

黄发台背[57]，寿胥与试[58]。

俾尔昌而大，俾尔耆而艾[59]。

万有千岁[60]，眉寿无有害。

泰山岩岩[61]，鲁邦所詹[62]。

奄有龟蒙[63]，遂荒大东[64]。

至于海邦[65]，淮夷来同[66]。

莫不率从，鲁侯之功。

保有凫绎[67]，遂荒徐宅[68]。

至于海邦，淮夷蛮貊[69]。

及彼南夷[70]，莫不率从。

莫敢不诺[71]，鲁侯是若[72]。

天锡公纯嘏[73]，眉寿保鲁。

居常与许[74]，复周公之宇[75]。

鲁侯燕喜[76]，令妻寿母[77]。

宜大夫庶士[78]，邦国是有。

既多受祉[79]，黄发儿齿[80]。

徂来之松[81]，新甫之柏[82]。

是断是度[83]，是寻是尺[84]。

松桷有舄[85]，路寝孔硕[86]，

新庙奕奕[87]。奚斯所作[88]。

孔曼且硕，万民是若⑧。

"字斟句酌" 查注释

①閟（bì）：通"秘"，即神。閟宫：神庙，指后稷母亲姜嫄的庙。有侐（xù）：侐侐，清静貌。

②实实：广大貌。枚枚：致密貌。

③赫赫：显耀貌。姜嫄：后稷之母，僖公远祖。姜嫄生后稷，后稷十二代孙为太王，太王之孙文王，文王之子武王，武王之子成王。周公为成王叔父，曾东征平叛，胜利后成王封周公长子伯禽于鲁，成为鲁国始祖。僖公即为伯禽之后。诗自此句开始推本众先祖之德，历加颂祷。

④回：邪僻。

⑤依：依凭。

⑥弥月：满月。

⑦重：通"穜（tóng）"，先种后熟的农作物。穋（lù）：后种先熟的农作物。

⑧稙（zhí）：早种的谷物。稚：晚种的谷物。

⑨奄有：尽有。下国：意指天下。

⑩俾（bǐ）：使。稼穑：指耕种。

⑪秬（jù）：黑黍。

⑫缵（zuǎn）：继续。绪：事业。

⑬大（tài）王：古公亶父，后稷十二代孙，文王的祖父。"大"通"太"。

⑭岐：岐山。阳：山的南面。太王由豳迁于岐山。

⑮翦：消灭。

⑯致：达到，完成。届：通"殛"，诛罚。

⑰牧之野：牧野。古地名，距殷都朝歌约七十里，为商周决战之地。在今河南淇县西南。

⑱贰：有二心。虞：惊，畏惧。

⑲临：临视，监察。女：汝。

⑳敦：攻击。旅：军队。

㉑咸：完成。

㉒ 王：指周成王。叔父：成王以称周公。

㉓ 建：立。元子：长子，指周公长子伯禽。

㉔ 启：开辟。宇：居，引申为疆土。

㉕ 附庸：附属于诸侯的小国。朱熹《诗集传》："附庸，犹属城也。小国不能自达于天子，而附于大国也。"

㉖ 周公之孙：指鲁僖公。周公传至庄公共十七君，孙为统称。庄公有二子，一是闵公，在位二年，早死；一是僖公。

㉗ 承祀：继承祭祀之礼。

㉘ 耳耳：华美貌。

㉙ 春秋：代指四季。解：通"懈"。

㉚ 享祀：祭祀。忒（tè）：差错。

㉛ 皇皇：光明。后帝：指上帝。

㉜ 皇祖：指后稷，周始祖。《郑笺》："成王以周公功大，命鲁郊祭天，亦配之以君祖后稷。"

㉝ 骍（xīng）：赤色。牺：祭神的牲口，周人尚赤，故以赤牺祭神。

㉞ 飨：以饮食献神。宜：肴，引申为以肉献神。

㉟ 载：始。尝：秋祭日尝。

㊱ 楅（bì）衡：此指牛栅栏。

㊲ 白牡：指白色公猪。刚：借为"犅（gāng）"，赤色公牛。

㊳ 牺尊：一种卧牛形的铜质酒器。将（qiāng）将：器物触撞声。

㊴ 毛炰（páo）：指带毛烧熟的猪。炰，烧。胾（zì）羹：肉汤。胾，切成块的肉。

㊵ 笾、豆：皆食器名。大房：一种盛大块肉的木质食器。

㊶ 万舞：舞蹈名。陈奂《诗毛氏传疏》："凡宗庙舞，诸侯以羽，唯天子兼以干。万舞，有干有羽也。……诗为祀周公，故万舞矣。"洋洋：盛大貌。

㊷ 孝孙：指鲁公。

㊸ 炽：盛。

㊹ 臧（zāng）：善。

㊺ 常：守。

㊻ 震：动荡。腾：沸腾，翻腾。

㊼ 三寿：三等长寿者。《文选》李善注引《养生经》："上寿百二十，中寿

百年，下寿八十。”朋：比，侣。

㊽ 车：兵车。千乘：千辆。鲁国军制，兵车一辆，配甲士十人，步卒二十人。

㊾ 朱英：古代兵器上的红色羽饰。绿縢（téng）：指缠在弓上的绿色丝绳。

㊿ 二矛：指每辆战车上竖的两支矛，一为酋矛，一为夷矛。重弓：指每个士兵带两张弓，其中一张为备用。

(51) 徒：步兵。

(52) 贝胄（zhòu）：饰有贝壳的头盔。朱綅（qīn）：红线。用来把贝连在盔上。

(53) 烝（zhēng）：众。增增：犹“层层”。

(54) 戎狄：我国古代北方的两个民族。膺：击。

(55) 荆：楚国别名。舒：楚国属国，地在今安徽庐江县。

(56) 承：抵挡。

(57) 黄发台背：指年老。台，通“鲐”，即鲍鱼，背有黑纹。老年人头发由白变黄，背生黑纹如鲐鱼。

(58) 胥：相。试：比。

(59) 耆（qí）：老。艾：久。

(60) 有：通“又”。

(61) 岩岩：高峻貌。

(62) 詹：借为“瞻”，仰望。

(63) 奄有：尽有。龟：龟山，在今山东新泰市西南。蒙：蒙山，亦名东山，在今山东蒙阴县南。

(64) 荒：有。大东：远东，指鲁国东面之境。

(65) 海邦：海滨之国。

(66) 来同：犹来朝。

(67) 凫：凫山，在今山东邹城市西南。绎：绎山，亦作峄山、邹山，在今山东邹城市东南。

(68) 徐：徐戎，在今江苏徐州地方。徐宅：徐戎所居之地，即徐国。

(69) 蛮貊（mò）：古称南方部族为蛮，北方部族为貊。蛮貊又通称远方部族。

(70) 南夷：指荆楚。据《春秋》，僖公四年，僖公伐楚。

(71) 诺：答应，顺从。

(72) 若：顺。

⑦纯：大。嘏：借为"祜"，福也。

⑦常：地名，在鲁国南境，曾被齐国侵占，鲁庄公时复归于鲁。许：许田，地名，在鲁国西境，曾为郑国所占，也在僖公时重归于鲁。

⑦宇：犹"域"，疆域。

⑦燕：通"宴"。

⑦令：善。

⑦宜：和顺。庶士：众士，众臣。

⑦祉（zhǐ）：福。

⑧儿齿：高寿的象征。朱熹《诗集传》："齿落更生细者，亦寿征也。"

⑧徂来：山名，亦作徂徕，在山东泰安市东南。

⑧新甫：山名，亦名梁父，在泰山旁边。

⑧度：借为"劚（duó）"，砍开，伐木。

⑧寻：八尺。

⑧桷（jué）：方形椽子。舄（xì）：大。

⑧路寝：正寝，帝王宗庙后殿藏衣冠处。

⑧新庙：閟宫。奕奕：高大美盛貌。

⑧奚斯：鲁国大夫，为公子，亦名公子鱼。作：建造。

⑧若：善。

 "古文今解"看译文

姜嫄之庙甚幽清，宏伟壮丽密层层。

姜嫄明亮光辉照，品德纯正无邪行。

神秘妊娠凭上帝，无灾无害仗神灵。

怀胎足月不迟缓，后稷安然来降生，天赐百福好丰盈。

黍谷成熟有早晚，豆麦种植时不同。

后稷拥有广阔地，教会黎民事农耕。

谷子黍子样样有，稻米黑黍年年成。

统有四海肥沃地，继承大禹创新功。

后稷子孙人才强，古公亶父是太王。

居住岐山南面地，开始筹划灭殷商。

传至文王武王日，太王事业更弘扬，

秉承天意伐殷纣，牧野决战士气昂。

莫怀二心别恐惧，上帝明察莫彷徨！

猛烈攻击商军阵，完成大业载史章。

成王欢欣叫叔父，封您长子做侯王，使居鲁国幸福长。

奋发努力开疆土，屏卫周室在东方。

遂向鲁公传命令，让他为侯去远东。

赐他山川和土地，周围小国做附庸。

僖公本是周公后，庄公之子把位承。

龙旗飘扬行郊祭，六条马缰光彩生。

四时致祭不松懈，礼仪完备内心诚。

光辉普照仰上帝，远祖后稷显神灵。

纯色赤牛请神用，献食献肉祭品丰，天降洪福多无穷。

先祖周公同保佑，赏赐福禄一重重。

举行秋祭庆丰年，自夏养牲在牛栏，

白猪赤牛全献上。碰杯敬酒声喧喧，

烤猪肉汤香味远，广设碗盏与杯盘。

万舞跳来场面大，孝孙鲁公尽情欢。

使你兴旺而昌盛，使你长寿又平安。

保卫东土永康定，固守鲁邦代代传。

坚如青山不崩溃，平如绿水无狂澜。

人与三寿同长久，岁比峻岭与高山。

千辆战车国力雄，弓缠绿线矛红缨。

二矛高树双弓备，三万步卒效鲁公。

头盔贝饰红丝绕，大军列阵密层层。

戎狄为患齐扫荡，荆舒不轨要严惩，无人胆敢抗雄兵。

使你繁荣而兴旺，使你长寿又丰盈。

黄发满头黑纹背，举世罕见老寿星。

使你兴隆又盛大，使你长命寿无穷。

千秋万岁人不老，长寿福康灾不生。

泰山高峻耸云中，鲁人仰望寄豪情。

并有龟山蒙山在，边境延伸向远东。

直达滨海天涯地，包括淮夷尽归从。

无人胆敢不归顺，这些全是鲁侯功。

保有凫峄两山青，又把徐国控手中。

沿海之地全归附，淮夷蛮貊尽顺从。

势力南扩达荆楚，莫不相从来效忠。

无人胆敢不听话，恭颂鲁侯最贤明。

天赐吉祥鲁公府，高龄百岁永保鲁。

常邑许田齐回收，恢复周公旧疆土。

鲁侯庆贺设筵席，贤惠良妻长寿母。

大夫众士性温和，国家兴隆承先祖。

幸蒙天帝降福多，白发变黄新齿补。

徂徕山上满苍松，新甫岭头柏树青。

大树砍倒粗锯破，长短木材细加工。

松木方椽真坚固，正寝一改旧颜容，
姜嫄新庙气势壮。奚斯主持建成功，
辉煌殿宇多雄伟，激荡万民仰慕情。

"知人论世"聊背景

这是一首颂美鲁僖公修建寝庙的诗。诗由修庙祀祖广及列祖功绩、祖神降福、僖公勋业，反复错综，铺张扬厉。全诗共九章，一百二十句，成为《诗经》中的第一长篇。鲁僖公是鲁国的中兴之主，他上遵鲁国的始封贤君伯禽之法，俭以足用，宽以爱民，务农重谷，使鲁国在经历了十几代的贫弱之后逐渐改观，日渐强盛。诗中由重修祖庙生发，将鲁国中兴的景象做了带有夸张色彩的描述。

商颂

《商颂》是商朝及周朝时期宋国的诗歌,产生于商朝发源及建都地、宋国国都商丘。

那

"抑扬顿挫"读原文

猗与那与①,置我鞉鼓②。

奏鼓简简③,衎我烈祖④。

汤孙奏假⑤,绥我思成⑥。

鞉鼓渊渊⑦,嘒嘒管声⑧。

既和且平,依我磬声⑨。

於赫汤孙⑩,穆穆厥声⑪。

庸鼓有斁⑫,万舞有奕⑬。

我有嘉客⑭,亦不夷怿⑮。

自古在昔,先民有作⑯。

温恭朝夕,执事有恪⑰。

顾予烝尝⑱,汤孙之将⑲。

"字斟句酌" 查注释

①猗（ē）、那（nuó）：形容美盛的样子。马瑞辰《毛诗传笺通释》："猗、那二字叠韵，皆美盛之貌。通作'猗傩'、'阿难'。草木之美盛曰猗傩，乐之美盛曰猗那，其义一也。"与：通"欤"，叹词。

②置：陈放。鞉（táo）鼓：一种摇鼓。严粲《诗辑》："鞉虽小鼓，所以节乐，故首言之。"

③简简：形容和谐洪大之声。

④衎（kàn）：欢乐。烈祖：功业卓著的先祖，指成汤。

⑤汤孙：成汤的子孙，指主祭的君王，此为宋君。奏：进。假：格，致，指祭者上致于神。

⑥绥：赠予。思：语助词。成：备，即福。

⑦渊渊：鼓声。

⑧嚖（huì）嚖：吹管之声。

⑨磬（qìng）：玉质打击乐器。

⑩於（wū）：叹美声。赫：显盛貌。

⑪穆穆：美好貌。声：指音乐。

⑫庸：通"镛"，大钟。有斁（yì）：斁斁，音乐盛大貌。

⑬万舞：舞名。有奕：奕奕，舞蹈盛大貌。

⑭嘉客：指宋的同姓附庸小国前来助祭者。

⑮不：语助词。夷、怿：皆为喜悦之意。

⑯有作：有所作为。

⑰有恪（kè）：恪恪，恭谨貌。

⑱顾：光顾。烝（zhēng）尝：祭名。冬祭曰烝，秋祭曰尝。

⑲将：奉献，一说佑助。

"古文今解" 看译文

多盛大哟多隆重，放好摇鼓祭神灵。

鼓声起奏咚咚响，烈祖在上喜欢听。

汤孙陈言奉神祖，赐我大福事业兴。

摇鼓频击音洪亮，箫管抑扬有清声。

声调和谐又平静，随我玉磬节奏明。

哎呀汤孙真显赫，乐队庄严声隆隆。

钟鼓铿锵气势大，洋洋万舞场面宏。

我有嘉宾来助祭，人人欢乐喜盈盈。

追思昔日在远古，先祖有为建奇功。

温良终日勤发奋，平时谨言又慎行。

秋冬致祭请光顾，汤孙供奉献忠诚。

 "知人论世" 聊背景

　　这是一首祭祀商朝始祖成汤的乐歌。《国语·鲁语》云："昔正考父校商之名颂十二篇于周太师，以《那》为首。"据此可知，《那》为商代诗歌而由春秋时宋大夫正考父校改，而校改的具体情况则难以考知。

玄鸟

"抑扬顿挫" 读原文

天命玄鸟①，降而生商②，宅殷土芒芒③。

古帝命武汤④，正域彼四方⑤。

方命厥后⑥，奄有九有⑦。

商之先后⑧，受命不殆⑨，在武丁孙子⑩。

武丁孙子，武王靡不胜⑪。

龙旂十乘，大糦是承⑫。

邦畿千里⑬，维民所止⑭，肇域彼四海⑮。

四海来假⑯，来假祁祁⑰。

景员维河⑱，殷受命咸宜，百禄是何⑲。

"字斟句酌" 查注释

①玄鸟：黑色的鸟。一说燕子。玄，黑。燕黑色，故名玄鸟。一说玄鸟为凤凰。

②商：指商朝的始祖契。《列女传》载："契母简狄者，有娀氏之长女也。当尧之时，与其妹娣浴于玄丘之水。有玄鸟衔卵过而坠之，五色甚好，简狄与其妹娣竞往取之。简狄得而含之，误而吞之，遂生契焉。"契建国于商（今河南商丘）。

③宅：居住。殷土：指商地。殷在盘庚迁殷（今河南安阳小屯）前称商，迁殷后称殷。后人也称商地为殷土。芒芒：茫茫，广大貌。

④古：从前。帝：上帝。武汤：成汤，自号武王。

⑤正：借为"征"。域：有。

⑥方：通"旁"，普遍。厥：那些。后：君，指诸侯，各部落首领。

⑦ 奄有：尽有。九有：借为"九域"，即九州。

⑧ 先后：先王。

⑨ 殆：危险。

⑩ 武丁：殷高宗。武丁孙子：孙子武丁。

⑪ 胜：胜任。

⑫ 糦（xī）：通"饎"，酒食。承：供奉。

⑬ 邦：借为"封"，疆界。畿（jī）：边境。

⑭ 维：为。止：居。

⑮ 肇（zhào）域彼四海：开辟疆域至四海。陈奂《诗毛氏传疏》："肇，始。域，有也。"王肃云："殷道衰，四夷来侵，至高宗，然后始复以四海为境域也。"

⑯ 假（gé）：通"格"，至。来假：指来朝。

⑰ 祁祁：众多貌。

⑱ 景：通"京"，大。员：周围。景员：犹云幅员，指广大领土。河：黄河，指殷都之地。此句指天下诸侯会聚于京师。

⑲ 何：通"荷（hè）"，蒙受。

"古文今解" 看译文

天命玄鸟神卵降，母食生契契封商，居住殷土广茫茫。

古时成汤奉帝旨，征服各部统四方。

广对诸侯发号令，尽揽九州入封疆。

商代先君承天命，化险为夷国运长，武丁中兴路康庄。

孙子武丁是贤主，胜任祖业继成汤。

土境广远方千里，人民居此度安康，重收四海天下治。

四海诸侯来朝堂，络绎不绝人繁盛。

聚会京师喜气扬，殷受天命皆合义，承受百福业永昌。

"知人论世" 聊背景

这是一首祭祀殷高宗武丁的乐歌。武丁是殷商王朝继盘庚之后的又一代中兴名主，曾任用傅说为相，国家大治。外伐鬼方、大彭、豕韦，武功大著，氐、羌来朝。本诗为颂武丁的中兴功业，又追溯到殷商的始祖契与武王成汤，具有浓厚的神话色彩，可视为一首简要的殷商史诗。诗篇写得庄严肃穆、壮浪雄奇，后世赞为"黄钟大吕之音"，具有极高的艺术价值。

殷武

"抑扬顿挫" 读原文

　　挞彼殷武①，奋伐荆楚②。
　　罙入其阻③，裒荆之旅④。
　　有截其所⑤，汤孙之绪⑥。

维女荆楚⑦，居国南乡⑧。
昔有成汤，自彼氐羌⑨，
莫敢不来享⑩，莫敢不来王⑪，曰商是常⑫。

天命多辟⑬，设都于禹之绩⑭。
岁事来辟⑮，勿予祸适⑯，稼穑匪解⑰。

天命降监⑱，下民有严⑲。
不僭不滥⑳，不敢怠遑㉑。
命于下国，封建厥福㉒。

商邑翼翼㉓，四方之极㉔。
赫赫厥声㉕，濯濯厥灵㉖。
寿考且宁，以保我后生㉗。

陟彼景山㉘，松柏丸丸㉙。
是断是迁，方斫是虔㉚。
松桷有梴㉛，旅楹有闲㉜。
寝成孔安㉝。

① 挞（tà）：壮武貌。殷武：殷王武丁，即高宗。
② 荆楚：荆州之楚国。
③ 罙（shēn）："深"的本字。阻：险阻。
④ 裒（póu）：借为"俘"，俘虏。旅：众。
⑤ 截：整齐貌。其所：指楚地。
⑥ 汤孙：成汤的子孙，指武丁。绪：功业。

244

⑦ 女：汝。

⑧ 国：指殷商。

⑨ 氐（dī）、羌：古代两民族名，原居今陕西、甘肃、青海、四川等省。

⑩ 享：奉献。

⑪ 来王：来朝，朝拜。

⑫ 常：俞樾《群经平议》："常读为尚，主也。"

⑬ 多辟（bì）：众诸侯。辟，君。

⑭ 都：国都。绩：借为"迹"。禹之绩：传说禹治洪水，足迹遍于九州，后因以禹迹代称九州。马瑞辰《毛诗传笺通释》："九州皆经禹治，因称禹迹。"

⑮ 事：从事，实行。来辟：来朝。

⑯ 祸：同"过"，罪过。通：借为"讁"，谴责，惩罚。

⑰ 稼穑：指农耕。解：通"懈"。

⑱ 监：监察。

⑲ 有严：严严，肃敬貌。

⑳ 僭（jiàn）：越礼。滥：妄为。

㉑ 怠：懒惰。遑：闲暇。

㉒ 封：大。厥：其。

㉓ 翼翼：繁盛貌。

㉔ 极：准则，榜样。

㉕ 赫赫：显著貌。声：名声。

㉖ 濯（zhuó）濯：光明貌。灵：神灵。

㉗ 后：后代子孙。生：语助词。

㉘ 陟：登。景山：大山。

㉙ 丸丸：高大挺直的样子。

㉚ 方：是。斫（zhuó）：砍，斩。虔：伐，削。

㉛ 桷（jué）：方形的椽子。有梴（chān）：梴梴，木材长大貌。

㉜ 旅：众多。楹（yíng）：堂前之柱。有闲：闲闲，大貌。

㉝ 寝：寝庙，此指祭高宗之庙。孔安：甚安，大安。

"古文今解"看译文

殷武大军气势雄，奋然前进伐楚荆。
深入敌境攻险阻，抓获俘虏结队行。
横扫楚国成一统，汤王后代树奇功。

你们荆楚在远方，殷商之南地蛮荒。
古有成汤兴大业，遥控远国制氏羌，
无人敢不献方物，无人敢不拜朝堂，共尊殷主是明王。

天命诸侯制宏图，大禹旧迹建国都。
每年定期来朝见，不加责罚罪名除，抓好农业莫疏忽。

上天降命视人间，万民庄敬又谨严。
不敢违礼不妄动，不敢怠惰不偷闲。
天对下国施恩惠，大降福禄到身边。

商都兴盛又繁荣，辉耀四方是准绳。
声誉赫然传播远，光明正大显神通。
长命百岁享安乐，保我子孙永兴隆。

登上大山在云中，松柏劲挺傲苍穹。
砍伐大树齐搬运，锯破斧削土木兴。
松木方椽质量好，堂前大柱对长风。
寝庙建起慰神灵。

"知人论世"聊背景

这是一首立庙祭祀高宗的颂歌。高宗即武丁，据《史记》记载，他曾经依照梦境所见，于四方求贤，终于得到傅说，举以为相。在傅说的辅助下，"武丁修政行德，天下咸驩，殷道复兴"。全诗六章，前五章历叙高宗中兴之功，末章写立庙安神，点明诗之主旨。诗章语言浅近，层次井然。